KB126471

9클래스 소드 마스터

WISHBOOKS FUSION FANTASY STORY

이형석 퓨전 판타지 장편소설

 2

이형석 퓨전 판타지 장편소설

초판 1쇄 찍은 날 | 2019년 7월 3일
초판 1쇄 펴낸 날 | 2019년 7월 10일

지은이 | 이형석
펴낸이 | 예경원

기획 | 위시북스
편집책임 | 이규재
편집 | 위시북스

펴낸곳 | 예원북스
등록번호 | 제396-2012-000132호
등록일자 | 2012. 7. 25
KFN | 제1-434호

주소 | 경기도 고양시 일산동구 호수로 646-24 위너스21॥빌딩 206A호 (우)10401
전화 | 031-819-9431 팩스 | 031-817-9432
E-mail | yewonbooks@naver.com

ISBN 979-11-6424-599-4 04810
      979-11-6424-597-0 (set)

9클래스 소드 마스터

WISHBOOKS FUSION FANTASY STORY

이형석 퓨전 판타지 장편소설

2

Wish Books

CONTENTS

►Chapter 1◄

쿵- 쿵- 쿵-

그리고 공격을 한 큐란 역시 굳은 얼굴로 부서진 건물의 잔해를 넘어 앞으로 걸어 나왔다.

'쉽지 않은걸.'

카릴은 욱신거리는 팔을 움켜쥐면서 생각했다.

쉽지 않다는 건, 상대의 강함을 말하는 게 아니었다.

'아직 이 몸으론 1스텝(Step)을 올리는 것도 버거운가 보군. 반응이 늦어.'

놀랍게도, 생(生)과 사(死)가 오가는 위험한 격전 속에서 카릴은 무언가를 시험하고 있었다.

'아르딘 같은 녀석과는 확실히 질적으로 다르군. 기사 검술이 바탕이 되어서 그런가.'

카릴은 검을 쓰기 위한 몸을 만드는 데 단 한 번의 소홀함
도 없었다.

"후우……."

시간을 거슬러 오기 위해 올랐던 탑.

그곳엔 단단한 껍질을 가진 괴물부터 액체 괴물까지 대륙에
존재하는 모든 것을 모아도 부족할 만큼 다양한 녀석들이 득
실거렸다.

그뿐만 아니라 하늘을 나는 괴물은 기본이고 물리적인 힘
으로는 벨 수 없는 영체까지……. 그는 오로지 검 하나로 그것
들과 싸워야 했었다.

억겁(億劫)의 시간을 지나 탑의 문을 여는 순간, 그는 검성(劍聖)을
한 단계 뛰어넘는 극의를 발견했다.

그것은 바로 검의 다섯 자세(Five Sword Step).

각각은 가장 기본이 되면서도 강력하며, 스텝이 올라갈수
록 그 위력 역시 강해진다.

하지만 그 극의를 터득했을 때, 그의 나이는 스스로도 셀
수 없을 정도로 많았다. 머릿속으로는 이해해도 그때의 나이
로 발현하기는 쉽지 않았다.

우우우웅…….

카릴은 마력을 집중했다. 그러자 손목과 발목이 번뜩였다.

"……."

중력을 조절하는 정도의 고위급 마법은 쓸 수 없었지만 양

팔과 다리의 무게를 증가시키는 간단한 보조 마법을 지금까지 쭉 걸고 있었다.

'조금 이르지만.'

익숙해지면 무게를 늘리고 다시 또 늘리고를 반복. 보이지 않는 모래주머니를 차고 있었다.

'저만 한 상대도 없을 터.'

넘칠 정도로 충분한 마력이 없으면 불가능한 수련법. 그 덕분에 그의 육체는 전생(前生)과 비교할 수 없을 정도로 빠르게 자라났다.

우드득-

그 마법을 지금 해제한 것이다.

가벼워진 손목을 돌린 그는 자신의 몸에 적응하려는 듯 제자리에서 가볍게 뛰었다.

파앗--!!!

그 순간, 카릴이 큐란을 향해 탄환처럼 달려갔다.

스스로 놀랄 정도의 엄청난 속도.

"……!!"

큐란은 찰나의 틈에서 카릴이 웃고 있다는 걸 알아차렸다.

그 웃음에는, 훌륭한 먹잇감을 앞에 둔 즐거움이 담겨 있었다.

콰아아앙---!!

큐란은 본능적으로 태도를 방패처럼 세우며 그 옆으로 몸을 숨겼다. 바닥에 꽂은 검이 휘청하고 흔들렸다.

"크윽?!"

지금까지 느껴보지 못한 충격에 거대한 그의 육체가 흔들렸다.

위험하다. 이건, 위험하다.

본능적으로 뇌에서 경고가 울리는 것 같았다.

큐란은 태도를 고쳐 쥐고 카릴을 베려 했지만, 무리였다.

작은 체구와 더불어 비정상적인 빠르기를 가진 그는 순식간에 거리를 좁혀 그에게로 파고들었다.

휘리릭-

그러고는 조금 전과 동일하게 단검을 수직으로 세워서 얼굴 쪽으로 가져갔다.

이번엔 방어가 아닌 공격의 형태였다.

카릴은 들어 올려지는 큐란의 태도 옆 날을 밀어젖혔다. 그리고 그 반동을 이용해 두 팔을 머리 위로 들어 올렸고, 그대로 그의 가슴 안쪽을 베었다.

1스텝(Step) - 왕관 자세(Crown Posture).

촤아아악---!!

거대한 태도는 그 자체로 위압적이었지만 오히려 간격이 좁혀지자 무용지물이었다. 그 무게에 거대한 육체가 중심을 잡지 못하고 휘청거렸다.

"크윽······!"

가슴 안쪽에 사선으로 붉은 검흔이 생겼다.

'조금 짧군.'

카릴은 쯧 하며 혀를 찼다.

왕관을 쓰듯 팔을 뻗은 자세는 원래대로라면 그 이름처럼 큐란의 머리를 베어 넘겼을 것이다.

탑에서 자신보다 큰 대형 괴물을 상대할 때 혹은 인간형 괴물에게 주로 사용했던 검술.

하지만 12살의 작은 체구, 짧은 팔로 큐란의 목을 노릴 수는 없었다.

'아직.'

하지만, 공격은 여기서 끝이 아니다. 카릴이 만든 다섯 가지 자세 중, 첫 번째인 1스텝은 단순히 공격 혹은 방어만을 위한 것이 아니었다.

휘리릭-

그의 검이 다시 한번 움직였다.

고층으로 올라갈수록 상상을 초월하는 괴물들이 득실거렸고 검성이었던 그조차도 일격에 죽일 수 있는 괴물이 없었다.

그렇기에 늘 뇌리에 각인한 것이 있다.

절대 자만하지 않는 것.

탑의 괴물들 속에서 살아남으며 그가 가장 뼈저리게 느낀 것이다. 이겼다고 생각하는 순간 반격당하고, 죽은 척하는 적이 등을 노리는 법이다.

검을 머리 위로 올리는 것은 그 자체로 공격이 되면서도 상대방의 공격을 무위로 돌릴 수 있다.

뒤집어 말하면, 공격이 실패해도 적을 무방비 상태로 만들 수 있다는 것과 같다. 그렇기 때문에 그는 이 공격을 가장 최상위, 1스텝으로 정한 것이다.

공격과 방어를 동시에 시작하고 이어주는 연계기(連繫技).

그 자체로 끝이 될 수 있으면서도 시작이 되며 다음 동작의 연결 고리가 되어주는 공격.

촤장……!! 촤자장……!!

촤자자장－!!

노도와 같은 검격(劍擊).

카릴은 높이의 한계를 가지는 작은 체구를 반대로 장점으로 살려 좌우로 빠르게 움직이며 큐란을 유린했다.

"후읍."

카릴은 호흡마저 방해가 된다는 듯 공기를 들이마시며 숨을 참았다.

그의 집중력이 한층 더 높아졌다.

카강-!! 카가강--!!

지금 자신의 검술이 어디까지 통할 수 있을까.

이건, 하나의 시험이었다.

'타투르에 있을 그놈을 상대하기 위해서. 네가 연습 상대가

되어줘야겠다.'

이미 카릴의 머릿속엔 눈앞의 적보다 그 후에 있을 더 큰 적을 그리고 있었다.

"크윽?!!"

그런 카릴의 생각을 아는지 모르는지 큐란은 가까스로 그의 공격을 막아내며 검날을 휘감고 있던 물줄기들이 점차 약해짐을 느꼈다.

어느새 소멸해 가는 마력.

'어떻게 저런 움직임을……. 저런 꼬마 녀석이!'

대륙 최강검(最强劍)이라 불리는 소드 마스터들의 어린 시절을 보진 못했지만, 그들이라고 과연 이렇게 어린 나이에 이런 무위를 뿜어낼 수 있었을까.

큐란의 눈엔 더 이상 눈앞의 꼬마가 단순한 꼬마가 아니었다.

사신(死神).

그는 자신도 모르게 등골이 오싹해지는 기분이었다.

'내가…….'

큐란은 무의식적으로 카릴과의 거리를 벌리기 위해 뒷걸음질쳤다는 걸 알았다.

'겁을 먹었다?'

그의 얼굴이 일그러졌다.

"이런 개 같은!!"

검은 냉정해야 한다. 분노가 머리를 지배했을 때, 더 이상

검술은 검술이 아니게 된다.

'빈틈.'

수백만, 수천만 번 검을 베었던 카릴이 아주 작은 흔들림이라도 그 틈을 놓칠 리 없었다.

콰드드드드득---!!!!

카릴의 발아래, 나무로 된 바닥이 무게를 이기지 못하고 움푹 파이며 V 자로 부서졌다.

강력한 진동과 함께 부서진 나무 파편들이 사방으로 튀었다.

아주 짧은 순간. 무게를 증가시키는 마법을 다리에 걸었다가 풀자, 마치 용수철이 팅기듯 카릴이 튀어 올랐다.

우드득-

통나무에 매달리는 것처럼 뛰어오른 카릴이 큐란의 내지른 팔을 다리로 움켜쥐며 있는 힘껏 비틀었다.

"크악!!!"

뼈가 부러지는 소리와 함께 큐란이 비명을 질렀다. 동시에 그의 팔이 힘없이 'ㄱ' 자로 꺾여 덜렁거렸다.

놓친 태도에선 마력이 사라지고 검날을 휘감던 물줄기가 흩어지며 바닥을 적셨다.

쿠웅-

그의 육체가 무너졌다.

카릴은 담담한 얼굴로 그의 목에 아그넬을 겨누었다. 차가운 검날을 느끼며 큐란이 쓴웃음을 지었다.

"해봐. 날 죽이면 무법항의 내 부하들이 가만있지 않을걸."

마지막 자존심일까. 아니면 쓸데없는 오기일까.

하지만 카릴은 큐란의 말에 여전히 표정 하나 변하지 않았다.

'그래, 여기까지다. 네가 강하다는 건 증명됐다. 하지만 이 이상의 허튼짓은 안 돼.'

에이단 하밀은 자신도 모르게 주먹을 꽉 쥐었다.

무법항은 말 그대로 타투르의 입구에 불과하다. 저 안에 그보다 더한 괴물들이 있었으며 무법항의 수십 배는 되는 병력이 있었다.

'큐란을 죽이면 이제 그들 모두를 적으로 돌리게 된다고!'

그의 손은 땀으로 축축하게 젖었고 자신도 모르게 고개를 젓고 있었다.

"그래?"

그러나 카릴은 그런 큐란에게 시선조차 주지 않은 채 담담한 어조로 물었다.

"질문을 바꾸지. 네가 생각해도 정말 무법항의 부하들이 날 어찌할 수 있을 것 같아? 저 밖에 너보다 강한 자가 있나?"

침묵(沈黙).

그건 비단 큐란만이 아니었다.

주위에 있는 모두가 그 공기의 무게에 짓눌려 아무런 소리도 내지 못하고 그저 카릴의 칼끝에만 시선을 집중할 뿐이다.

"……."

큐란은 아무런 대답도 하지 못했다. 어차피 그 질문의 답은 모두가 알고 있었던 것.

카릴은 이 이상의 대화는 불필요하다는 듯.

"됐다."

서걱-

그의 목을 베었다.

"미…… 미쳤……."

에이단 하밀은 바닥에 떨어진 큐란의 머리를 바라보며 넋이 나간 얼굴로 카릴에게 뭐라고 소리치려다가 화들짝 놀라며 자신의 입을 틀어막았다.

자신의 계획이 완전히 틀어졌다.

'이런 짓을 벌여놨으니 관리자들이 알아차리는 건 시간문젠데…….'

눈앞의 꼬마가 이 정도로 강할 줄은 몰랐다.

아니, 강하다고는 생각했다. 그러나 금사자의 목을 벨 수 있을 거라곤 전혀 생각하지 못했다.

'지금껏 공국이나 제국에서도 호시탐탐 타투르를 노리고 있었다.'

남부의 이스트리아 삼국 위에 존재하는 실로 대륙의 중원이라고 할 수 있는 타투르.

하지만 그 지리적 특성 때문에 각국의 경계를 받아 쉽사리 함락시키기 어려웠다.

'이대로라면……. 지금껏 해왔던 물밑작업이 완전히 수포로 돌아가 버린다.'

더 이상 수안 하자르를 얻고 말고 하는 문제가 아니게 되어 버린 것이다.

"에이단."

"네, 네?"

"여동생은? 찾지 않고 왜 여길 온 거야?"

꿀꺽-

카릴의 물음에 그는 자신도 모르게 마른침을 삼켰다.

준비해 놓은 답이 있는데도 입이 자꾸만 마르는 느낌이라 목소리가 제대로 나오지 않았다.

"그, 그게……. 아무래도 항구에 없는 것 같습니다. 도시 안에 있을지도……."

"그래?"

카릴은 입술을 삐쭉 아래로 당기며 아무것도 모른다는 얼굴로 고개를 끄덕였다.

'당연히 없겠지. 근처 어딘가 숨어 있을 테니까. 큐란이 죽으니 더 나오지 않겠지. 하여간 엿보기 엄청 좋아하는 여자라니까.'

카릴은 도시 안에 있을 여동생이 처음부터 이곳에 숨어서 자신을 보고 있음을 알고 있었다.

건물 안으로 들어왔을 때 느꼈던 날카로운 시선은 사라졌지만 카릴은 그녀가 쉽사리 물러났을 리가 없다고 생각했다.

어쩌면 처음부터 큐란의 목을 노리고 있었던 것을 자신이 방해했는지도 모른다.

'이런 식으로 나온다면 나도 방법이 있지.'

그는 에이단 하밀을 향해 말했다.

"도시 안에? 그럼 너도 같이 가야겠군."

"네?"

"너도 같이 가자. 어차피 일이 이렇게 된 마당에 혼자 떨어지면 위험할 수도 있으니."

카릴의 대답은 지극히 당연한 것이었지만, 에이단 하밀은 불안한 느낌을 받았다.

'……제길.'

어쩐지 당하고 있는 기분.

눈썰미가 좋은 에이단은 지금 자신이 느끼고 있는 불안감이 말할 때마다 슬며시 올라가는 카릴의 입꼬리에서 비롯되고 있다는 걸 알았다.

"그런데 당신 정말 평민이야? 마법 조종이 제법 뛰어나던걸? 이 정도면 길드에 들어가도 손색이 없을 것 같은데."

"하, 하……. 아닙니다……. 보잘것없습니다. 마침…… 바람이 같은 방향이라 운이 좋았습니다."

"아하? 그래. 운이 좋았군."

카릴은 에이단의 말에 묘한 웃음을 지었다.

"덕분에 성공했어. 보답이라고 하기엔 뭐하지만, 동생을 찾는 일을 끝까지 도와주지."

"……."

카릴의 입술은 웃고 있었지만 눈동자는 어쩐지 자신을 노려보는 것 같은 기분이었다.

'뭐야……. 젠장.'

당장에라도 빠져나오고 싶은 마음이 드는 눈빛이었다.

확실하다. 단순한 기분이 아니었다.

에이단 하밀은 마치 자신의 속내를 훤히 들킨 것 같은 찝찝함을 더 이상 없었다.

'날 알고 있나? 설마, 그럴 리 없어. 저 꼬마가 누군지 알지도 못하는데……. 1년 가까이 타투르에 있던 날 안다고?'

의심스럽다.

에이단 하밀은 머릿속이 복잡했지만 그렇다고 뭐라 대꾸도 할 수 없는 상황이었다. 괜히 눈에 띄는 짓을 했다가는 의심만 더 살 뿐일 테니까.

그는 그저 묵묵히 카릴을 따를 수밖에 없었다.

"정말……. 이제 어떻게 하실 겁니까?"

수안 하자르는 진심으로 근심이 가득한 표정으로 물었다.

"타투르엔 왕이 없지. 하지만 관리자라는 게 있다. 수안, 이곳을 왕래하는 너라면 들어봤겠지."

카릴은 걸음을 옮겼다. 그러고는 아무렇지 않게 죽은 큐란의 품에서 무언가를 뒤적였다.

"흐음, 여기에 없나."

그는 살짝 고개를 갸웃거리고는 시선을 돌리면서 말했다.

"4명의 관리자. 아니, 이제 한 명이 죽었으니 3명이라고 해야 겠지."

자유도시의 실질적인 실세(實勢).

무법항의 큐란, 암시장의 두샬라, 빈민가의 캄마.

그리고 마지막 한 명. 매해 새롭게 바뀌는 타투르 투기장의 우승자가 관리자는 아니지만 관리자와 같은 대우를 받는다.

"걱정 마. 녀석들은 큐란이 죽었다고 해서 눈 하나 깜빡할 인간들이 아니니까. 오히려 그 자리를 어떻게 뺏을까 입맛을 다시고 있을걸."

카릴은 보지 않아도 뻔하다는 듯 말했다.

"우리를 주시할 눈을 붙이긴 하겠지만 당분간은 그냥 둘 거 다. 무법항을 정리하는 것이 우선일 테니까."

자리에서 일어난 카릴은 큐란의 옆에 떨어진 자신보다 더 큰 태도의 손잡이를 들어 올렸다.

"게다가 투기장의 우승자 말고 나머지 둘은 전투와는 거리 가 멀거든. 대놓고 싸우진 못할 터."

부웅-

마치 풍차가 돌아가는 것 같은 바람 소리가 들렸다.

"흐음."

카릴은 몇 번 더 태도를 크게 휘두르고는 천천히 도신(刀身)을 살폈다. 그러고는 있는 힘껏 아그넬로 태도를 내려쳤다.

콰득-!!!

두꺼운 태도의 날이 요란한 소리와 함께 떨어져 나갔다. 두 사람은 갑작스러운 그의 행동에 말을 잇지 못하고 멍하니 그 모습을 바라봤다.

쾅!! 쾅!! 콰앙!! 쾅! 쾅!!

몇 번이나 계속해서 태도를 두들기자 끝내 날이 부러지며 바닥에 떨어졌다.

"후우……."

카릴은 숨이 차는 듯 가볍게 한숨을 내쉬었다.

'역시……. 다시 봐도 놀라운걸. 전생(前生)에는 품에만 넣어 두고 사용한 적이 없어서 몰랐는데.'

그는 만족스러운 듯 아그넬을 한 번 더 바라봤다.

단검임에도 불구하고 큐란과의 접전에서 날이 밀리기는커녕 대등하게 싸웠다.

'무슨 재질로 만든 거지? 이토록 단단할 수 있나.'

아르딘을 상대할 때야 그렇다고 쳐도 큐란의 태도는 해명 철(海鳴鐵)이라는 바다에만 나는 특수한 광석으로 만들어진 것이었다.

'이제 와서 느끼지만 이 검……. 이민족이 만든 검이라고 할 수 없을 정도야. 북부에서는 이런 금속을 본 적도 없고 이걸 제련할 실력의 대장장이도 없으니까. 아니, 북부가 아니라 제

국을 뒤져도 이만한 강도의 검은 몇 안 될 것 같은데.'

전생에서 그는 내로라하는 제국 대장장이들의 무기를 써봤었다. 그러나 투박한 장식을 가진 아그넬은 그가 죽기 전에 썼던 애검보다 더 훌륭하였다.

'내가 12살의 작은 체구가 아니었다면 당연히 단검을 쓰지 않았겠지. 그랬으면 또 이 검의 진가를 놓쳤을 테고.'

카릴은 그렇게 생각하며 부러진 날 중앙에서 뭔가를 끄집어냈다.

"여기 있군."

손바닥보다 작은 원판 같은 물건이 도신 안에 박혀 있었다.

수안과 에이단은 그것을 바라보며 물었다.

"그게 뭡니까?"

"관리자의 증표. 각각의 관리자들은 저마다 가지고 있다. 모양도 재질도 다 달라. 이렇게 물건일 수도 있지만 몸에 새기는 문신일 수도 있지."

"……."

수안은 아무런 말도 하지 않고 가만히 카릴을 바라봤다.

"관리자가 되실 생각이십니까?"

"내가? 설마. 4명이서 나눠 먹는 자리를 군이 들어갈 필요가 있을까? 힘들게 싸워서 말이야."

카릴은 피식 웃었다. 이제 수안은 그 웃음을 볼 때마다 어쩐지 살이 떨리는 기분이었다.

"가자. 어차피 남은 녀석들을 처리하는 데에도 시간이 걸리니까. 최대한 빨리 가야 해."

"……네? 어디를요?"

그의 물음에 카릴은 아무렇지 않게 말했다.

"당연히 도시 안이지."

꿀꺽-

긴장한 두 사람의 모습을 바라보며 카릴이 말했다.

"걱정 마. 우린 관리자를 죽였다."

'그러니까 이러지! 미친 거 아냐? 이 지경을 만들어놓고 당당하게 도시로 가겠다고?'

에이단 하밀은 당장이라도 그를 말리고 싶은 마음이 굴뚝같았다.

"모르는 사람이 들으면 위험해 보이겠지. 하지만 반대로, 관리자의 증표를 지고 있다는 건 실력이 안 되는 놈들은 덤빌 엄두도 내지 못하게 만들 수 있다는 거다."

마치 그의 생각을 알고 있다는 듯 카릴은 조금 전 큐란의 태도에서 뽑은 장신구를 눈앞에서 가볍게 흔들며 말했다.

하지만 그의 말에도 여전히 두 사람의 낯빛은 밝지 못했다.

'어떻게 저렇게 장담할 수 있지? 꼭 타투르에 와본 것처럼.'

수안 하지르는 인상을 찡그리며 카릴을 바라봤다.

"그리고 그에 걸맞은 특권도 누려야지."

"설마……. 거기에 가시려는 겁니까?"

수안은 그의 말에 깜짝 놀란 듯 카릴을 바라봤다.

"맞아."

카릴은 의미심장한 표정으로 가볍게 웃으며 고개를 끄덕였다.

타투르의 안쪽. 건물조차 없이 천막이 쳐 있는 슬럼가는 가뜩이나 무법지인 도시를 더 어둡게 느껴지게 했다.

"하하하하……!!"

"꺄르르……!"

불이 켜진 천막에서 들려오는 웃음소리. 그림자 여럿이 뒤엉켜 있었다.

스르륵-

천막이 걷혔다.

"네가 남은 관리자 중 한 명인 캄마로군."

갑자기 들려오는 낮은 목소리에 천막 안에 있던 노인은 화들짝 놀라며 고개를 들었다.

"무…… 무슨!!"

여인들과 뒤엉켜 있는 전라의 노인. 검버섯이 핀 얼굴을 바라보며 카릴은 아무런 말도 하지 않고 뭔가를 던졌다.

툭-

그의 뒤에 서 있던 수안은 마치 못 볼 것을 본 것처럼 시선을 돌렸다.

"당신은……."

천막 안에 있는 사람들 중 한 명이 수안을 알아본 듯 뭔가 말을 하려다가 떨어진 물건으로 시선을 옮겼다.

"……!!!"

그의 눈동자가 동그랗게 커진 순간.

"꺄악!!"

"이, 이게 뭐야!!"

안에 있던 사람들이 일제히 비명을 질러댔다.

꿀꺽-

잘려 나간 큐란의 목이었다.

여인들이 비명을 지르며 옷가지를 들고 도망치기 시작했다.

"호들갑 떨지 마."

콰악-!!

"움직일 때마다 썩은 내가 진동하는 것 같으니까."

카릴은 여인들을 따라 도망치려던 노인의 어깨를 잡아 밀치며 차가운 얼굴로 말했다.

"양쪽 다 말이야."

큐란의 머리와 그를 번갈아 가리키자 노인은 굳은 얼굴로 입술을 움직였다.

"카, 카브……."

"카브? 그게 요 앞에서 경비를 서던 부하의 이름인가? 그 녀석을 찾는 거라면 포기해. 이미 죽었으니까."

"……"

"골목의 셋, 옆 건물에 열다섯. 길가에 배치된 일곱 명까지. 빈민가의 우두머리라는 거리의 이름에 어울리지 않게 돈이 많은가 봐. 경비를 많이 뒀던데."

그는 떨리는 목소리로 물었다.

"뭐…… 뭘 원하는 거요?"

"빈민가의 캄마."

카릴은 그의 위아래를 한 번 훑으면서 말했다.

끄덕-

노인은 떨리는 얼굴로 연신 고개를 끄덕였다.

카릴은 그의 모습에 낮은 목소리로 말했다.

"네가 그곳의 문을 관리한다고 알고 있는데."

그 말에 노인의 눈동자가 천천히 아래로 내려갔다.

바닥을 굴러 자신의 허벅지에 닿아 있는 물건.

"자격은 이걸로 충분하겠지."

캄마는 엉망이 된 큐란의 목을 바라보며 자신도 모르게 마른침을 삼켰다.

'뭐야? 도대체 어떻게 된 일이야?'

큐란이 죽었다. 그런데 아무런 보고도 듣지 못했다.

카릴이 무법항을 지나 시간은 불과 몇 시간. 하지만 밤이 된 지금까지 이렇다 할 보고를 받지 못한 것은 확실히 이상한 일이었다.

정상적인 체계라면 당연한 일.

'무법항에서 들어오자마자 숨어 있는 캄마의 수족들이 누군지 귀신같이 알고 척결했어.'

에이단 하밀은 질린다는 표정으로 카릴을 바라봤다.

'귀신…… 인가?'

그가 말한 숫자 속에 있는 자들은 단순히 캄마의 호위병이 아닌 도시 외곽에서부터 이곳까지 캄마가 비밀리에 배치해 놓은 부하들이었기 때문이다.

'아니, 괴물…….'

무법항을 피바다로 만들고서도 눈 하나 깜짝하지 않았다.

캄마의 낯빛을 보니 무법항에서 살아 도망친 사람은 없는 듯싶다.

'아니면 겁을 먹고 숨어 있는 걸지도.'

무법항에 그 난리가 일어났음에도 타투르의 수뇌부인 캄마가 아무것도 모르고 있었으니까.

'오늘 아침까지만 해도 여관에서 질펀하게 술을 먹던 자가 하루도 지나지 않아 시체로 돌아오다니…….'

캄마의 머리가 빠르게 회전한다.

'그렇다면, 금사자가 조금 전에 죽었다고? 설마, 이 꼬마에게?'

"정당한 승부였다. 참관인도 있었고. 저자가 증인이 되어줄 거다. 관리자라면 저 사람이 누군지는 알 테지."

카릴이 가리킨 손가락을 따라 캄마의 시선이 움직였다. 자신을 바라보는 캄마를 향해 수안 하자르가 뭔가 말을 하려다가 입을 다물었다.

'정당한 승부였다니. 그건 완전히 일방적인 싸움이었잖아.'

수안은 조금 전 상황을 떠올렸다가 고개를 저었다.

"하지만…… 암시장은 원래 정해진 날에만 열립니다……. 관리자의 승인이 있지 않은 이상 갑자기 여는 건……."

카릴의 말에 캄마는 떨리는 목소리로 말했다.

오직, 1년에 단 한 번. 1월 1일.

대륙의 모든 진귀한 것들이 있는 암시장.

저택을 떠난 뒤, 카릴이 가장 첫 목적지로 타투르를 삼은 이유 중의 하나가 바로 이 때문이었다.

'아직 그 물건이 공개되지 않고 이곳에 있을 터.'

그는 옅은 웃음을 지었다.

하지만 지금은 늦여름. 캄마의 말대로 지금은 시기가 아니었다. 그의 말에 카릴은 알고 있다는 듯 고개를 끄덕였다.

"그래서 가지고 왔잖아. 관리자의 승인."

카릴은 품 안에서 큐란의 장신구를 꺼냈다.

캄마는 큐란의 목을 보여주는 것만으로도 충분한데 관리자의 증표인 캄마의 장신구까지 가져온 카릴을 보며 얼굴이 굳어졌다.

"그게……. 타투르가 세워질 때부터 암시장을 여는 건 둘 이상의 승인이 있어야 한다고 정해놓은 거라……."

스르릉-

"너까지."

"……."

카릴은 담담한 표정으로 단검을 뽑아 캄마의 목에 가져갔다.

"됐지? 당장 암시장(暗市場)의 문을 열어."

암시장(暗市場).

대륙을 관통하는 거대한 강 포나인의 한가운데에 있는 인공(人工)섬, 타투르에는 대륙에 없는 3가지가 있다.

첫째, 자유. 둘째, 정보. 셋째, 물건.

이곳은 법이 없는 자유만이 존재며, 제국과 공국 그리고 삼국의 중심지에 놓여 양지든 음지든 모든 정보가 한데 모이고, 마지막으로 황실에서조차 구하지 못하는 수많은 물건이 어둠을 통해 거래되는 도시이다.

그렇기 때문에 단 하루, 매해 1월 1일에는 주변 국가의 귀족들마저 비밀리에 암시장을 찾는다.

사실상, 이곳이 존재할 수 있는 이유이기도 했다.

귀족들은 서로의 실리를 위해서 요충지가 될 수 있는 타투르를 암묵적으로 침범하지 않고 놔두는 것이었다.

"뭐야, 캄마. 당신이 사람을 데리고 오다니. 그것도 이렇게 갑자기 말이야. 다른 관리자들도 아는 일이야?"

"시…… 시끄러. 다른 사람들은 내가 따로 얘기할 거다. 그보다 넌 이 분을 상대해 드려."

"흐음?"

늦은 밤, 골목 안쪽의 작은 건물.

관리자 중 한 명인 캄마가 옷도 제대로 입지 않고 뒤에 있는 카릴을 가리키며 벌벌 떨고 있었다.

상점 주인은 의아할 수밖에 없었다.

"도대체 무슨 일을 했기에 네가 이렇게 호들갑인 거야?"

상점 주인은 심드렁한 얼굴로 그를 바라봤다. 자신의 가슴 정도밖에 오지 않는 아이였다.

"뭐야, 요즘 계집들하고 신나게 놀아나더니만 설마 취향이 바뀌거나 한 건……. 컥!!"

"시, 시끄러! 미친 소리 하지 말고!!"

황급히 자신의 목을 조르는 캄마의 손을 때리며 주인은 소리쳤다.

"장난이라고!! 이 미친 노친네야!! 크크크."

오래전부터 알고 지낸 사이인 듯 그는 캄마를 향해 웃었다. 하지만 캄마는 오히려 그 모습에 식은땀이 주르륵 흐르는 듯 황급히 귓속말을 했다.

"입 다물고 내 말 들어. 벤클리가 죽었어. 그러니 주둥이 그만 나불대고 어서 열쇠나 내놔."

그의 얼굴엔 공포가 서려 있었다. 상점 주인은 그제야 뭔가 이상하다는 걸 느꼈다.

'벤클리? 설마 그 투기장의 우승자?'

황급히 다시 한번 캄마의 뒤에 있는 카릴을 바라봤다. 아무리 봐도 그저 앳된 아이에 불과했다.

'설마……'

무법항에 대한 소문을 그 역시 들었다.

그의 뒤에 서 있는 수안. 안절부절못하는 그의 모습을 보며 주인은 천천히 고개를 끄덕였다.

"아, 알겠네. 나 참, 3개월도 안 돼서 암시장을 다시 여는 건 내 평생 처음이군. 1년에 몇 번을 여는 거야."

"걱정하지 말고 열어. 어차피 손님은 나 한 명뿐이니 금방 끝날 거다."

담담한 카릴의 모습에 그는 어처구니가 없었다. 다 큰 어른도 벌벌 기는 타투르였다.

'뭐야, 이 꼬마 녀석……. 뭐가 저리 당당해? 꼭 여기에 와본 것처럼.'

상점의 주인은 신기한 듯 카릴을 바라봤다.

"알겠다. 지금 당장 열지. 캄마가 허락했으니 더 이상 확인을 할 필요는 없을 테니까."

주인은 서랍에서 낡은 열쇠 하나를 꺼내었다. 그러고는 자신이 서 있던 바닥의 카펫을 걷더니 열쇠를 집어넣었다.

철컥-

잠금쇠가 풀리는 소리가 들렸다.

"그런데 3개월? 그건 무슨 소리지. 내가 알기로 타투르의 암시장은 매년 1월 1일에 열리는 게 아닌가?"

지금은 가을을 맞이하는 늦여름. 주인의 말대로 3개월 전이라면 겨울과는 상관없는 봄이었다.

"이상할 게 뭐 있어. 당신 같은 사람이 3개월 전에도 있었다는 거지."

"헛소리. 저 노인의 말에 따르면 세 명의 관리자가 승인하지 않으면 열 수 없다던데. 그때는 금사자도 살아 있었을 테고."

카릴은 수안을 바라보며 말했다.

"그리고 들창코인가 하는 녀석도 3년간 우승자였다면서. 안 그래?"

"맞습니다."

"벤클리? 아아……. 물론 그 녀석이 매해 우승을 거머쥐었지. 그놈이야, 승자의 혜택을 노릴 깜냥도 안 되지. 어차피 금사자가 대진표를 조작하니까."

"그래서?"

"당신이 말했잖아. 관리자의 승인이 있으면 암시장을 열 수 있다고. 승인을 받을 만한 사람이 있었으니까. 문을 열었겠지. 안 그래?"

"그게 누구지?"

주인장이 바닥에 숨겨진 문을 잡아당기자 지하로 내려가는 계단이 나타났다.

"글쎄. 나 같은 말단이 높으신 양반들이 하는 일을 알 수 있나."

그의 말에 캄마의 얼굴이 굳어졌다.

"나, 나도 모릅니다. 그건 나 말고, 나머지 관리자들이 승인한 일이었으니까."

"흐음……. 그래?"

카릴은 살짝 눈을 흘겼다.

하지만 그것도 잠시. 자신만만한 목소리로 말하는 상점 주인의 말에 카릴의 고민이 일단락되었다.

"자, 들어와서 골라보시게. 갑자기 문을 연 거라서 급하게 준비되는 바람에 부족할지 모르지만……."

눈앞에 펼쳐진 광경.

"흐음."

카릴은 자신도 모르게 낮은 탄성을 지르고 말았다.

계단을 내려오자 마치 딴 세상이 펼쳐진 것 같았다. 길게 늘어선 횃불 사이사이로 보이는 수많은 무구.

'오랜만이군.'

주인은 자신감 가득한 얼굴로 말했다.

"찾고자 하는 게 뭔지는 모르지만 여기서 구하지 못하면 대륙 어디에서도 구할 수 없을 거니까."

'암시장에선 돈만 있으면 뭐든 살 수 있다. 하지만 제한 시간은 1시간. 1년에 한 번 여는 암시장의 문을 지금 연 것만으로도 충분하지.'

카릴은 천천히 복도를 걸었다.

'시간은 아무래도 상관없다. 어차피 내가 갈 곳은 정해져 있으니까.'

그는 주인이 했던 말을 떠올렸다.

"단, 신중하게 고르는 게 좋을 거야. 번복은 불가하니까. 문을 열고 들어간 가게에서 무조건 사야 하네."

"그 이상을 산다면?"

"죽겠지. 암시장의 주인에게."

카릴의 물음에 그는 아무렇지 않게 대답했다.

"내가?"

"……."

되묻는 그를 향해 상점의 주인은 아무런 말을 하지 못했다.

'암시장의 주인이라…….'

기억을 더듬으며 그는 한 여인을 떠올렸다.

히잡으로 얼굴을 가렸지만 그 안으로 보이는 핏기 하나 없는 새하얀 피부와 독사와 같은 눈동자.

'두샬라.'

4명의 관리자 중 한 명.

실질적으로 타투르의 주인이라 할 수 있는 사람이었다.

카릴은 어쩐지 그 여자를 떠올리자 몸이 서늘해지는 기분이었다.

'정말 쓸데없이 주인도 많은 도시야. 조만간 만나게 되겠지.'

아마 자신이 암시장까지 왔다는 소식을 듣게 된다면 그녀는 분명 본인이 이곳을 나올 때쯤에 무언가 손을 써놨을 것이다. 녀석은 꽤 성가신 성격의 소유자였다.

'어차피 만나게 될 사람이다. 고민을 해봐야 소용없는 일이지.'

물론 자신 역시 가만히 있지만은 않을 것이다.

카릴은 가볍게 웃으며 생각했다.

'일단은 원하는 물건부터.'

수많은 물건이 쌓여 있는 곳이었지만 카릴은 고개도 돌리지 않고 그대로 계속 직진했다. 이미, 그가 원하는 것은 머릿속에 있었다.

저벅- 저벅- 저벅-

턱-

문득, 그의 발걸음이 멈췄다.

그 둘 중 하나가 지금 그의 눈앞에 나타났다.

"어디야? 어디로 들어갔어?"

"4-GJ-73이던데? 거기가 어디지?"

"뭐야? 정말?"

"어딘지 알아?"

"당연히 알지. 와……. 거길 어떻게 알고 들어간 거지? 아니, 알고 들어간 게 맞긴 한가?"

"그게 어딘데."

"자네들은 암시장에 온 지 얼마 안 돼서 모르나 보군. 저긴 칼립손네 가게야."

"저 문이 열리긴 열리네. 얼마 만에 손님이지?"

"몰라. 저런 꼬마 때문에 이 밤중에 가게를 연 거야? 쓸데없는 고물상에 들어가다니."

"보는 눈이 꽝이군. 꽝이야."

복도를 걷던 카릴이 가게의 문을 열고 들어가자마자 작은 창문 틈 사이로 소란스러운 목소리들이 들려왔다.

"쉿……!! 조용하게. 저래 봬도 저 꼬마가 큐란의 목을 그냥 쓱-! 잘라 버렸다잖아."

"맞아. 거기다가 벤클리는 쥐도 새도 모르게 죽었다던데."

"그럼 뭐 해? 기껏 얻은 보상으로 고물이나 얻을 텐데. 저 할

아범의 가게에 어디 제대로 된 물건이라도 있었나."

"그래도 모르지. 암시장에서 가장 오래된 가게니까."

"그러고 보니 할아범이 타투르에 온 게 언제였지?"

"글쎄 내가 왔을 때 이미 있었는걸."

"나도."

"얼레, 맞아. 나도 그런데?"

"노인네…… 그러고 보니 살아 있긴 한 건가?"

모두의 시선이 그곳을 향했다. 아무도 알지 못했다.

그럴 수밖에. 칼립손의 가게 문이 열린 건 수십 년만이었으
니까.

"망했군. 하고 많은 가게 중에 여길 택하다니."

"……"

"그건 고장 난 거다. 어이, 그건 손대지 마라. 부서진 걸 그
냥 세워둔 거니까."

쇠를 긁는 듯한 목소리가 들렸다. 난쟁이처럼 작은 체구의
노인이 의자에 기대어 귀찮은 듯 말했다.

"꼬마야, 찾아도 한참 잘못 찾았다. 갑자기 암시장이 분주해
서 뭔가 싶었더니 여기까지 오는데 운을 다 쓴 모양이구나. 첫
끗발이 아주 개끗발이야……"

그는 커다란 담배를 입에 물고는 불을 붙이며 말했다. 그러나 그의 말에도 불구하고 카릴은 담담한 얼굴로 말했다.

"찾는 게 한 가지 있는데."

"그래. 암시장엔 없는 게 없으니까. 그런데 여긴 아닐걸. 있는 것 빼고 다 없으니까. 전부 다 100년은 넘은 쓰레기들뿐이거든."

"내가 찾는 게 바로 그거다."

"······뭐?"

가게 안에 있는 물건들은 하나같이 먼지가 잔뜩 쌓여 있었다. 카릴은 손가락으로 가볍게 먼지를 쓸어 털어내며 그를 향해 말했다.

"인간은 모르는 것."

"······."

"킬립손, 아니, 노움(Gnome) 칼립이라고 불러야 하나?"

그 순간. 카릴을 바라보는 그의 눈빛이 흔들렸다.

"무슨 말인지······."

그는 완벽한 인간이었다. 칼립손은 어처구니가 없다는 듯 헛기침을 하며 그에게서 고개를 돌렸다.

"걱정 마. 나 역시 평범한 인간은 아니니까."

"······!!!"

카릴의 눈동자가 검게 변했다.

"서, 설마."

칼립손은 그 모습에 믿을 수 없다는 듯 입을 다물지 못했다.

모습을 변하게 해주는 아이템이야 많았다. 하지만 모든 마법 무구에는 사용 조건이 있었다.

바로, 착용자가 마력이 있어야 한다는 것.

결국 자신 앞에 있는 이 소년은 마법이든, 마법 무구든 어떤 방법을 썼더라도 마력을 지니고 있다는 것을 의미했다.

'이민족이……?!'

떨리는 눈으로 그가 카릴을 바라봤다.

"당신 비밀을 밝히려고 온 게 아냐. 멸종했다고 알려진 노움이 살아 있다는 걸 알게 되면 여기저기에서 난리일 테지만."

"……."

"해부를 좋아하는 마법사들부터 노움의 눈동자에서 보석이 떨어진다는 헛소리를 믿는 귀족들까지 말이야."

카릴은 가볍게 웃었다.

"당신의 노후를 망칠 생각은 없다. 나 역시 비슷한 치지기든. 내 비밀을 보여준 것이 신뢰의 증표다. 내가 원하는 것을 받기 위한 대가."

그는 당혹스러워하는 늙은 노움을 향해 입꼬리를 올렸다.

[노움? 아아……. 기억나지. 그들은 옛날부터 드래곤에게 보물을 상납했었지. 마법 무구를 만드는 재주로 따지면 드워프보다 그들이 훨씬 나았으니까.]

"그래? 아쉽군. 노움은 이제 멸종되었다고 들어서 한 번쯤 볼 수 있으면 좋겠다고 생각했는데."

[볼 수 있다.]

"……뭐?"

[최근까지도 가끔 레어로 찾아와 꽤 재밌는 걸 가져다주던 녀석이 하나 있거든…….]

나르 디 마우그가 했던 말을 떠올렸다.

"꺼내봐."

카릴이 그에게 말했다.

"백금룡(白金龍)에게 상납할 물건."

"너, 너…… 아니, 당신……."

칼립손은 당황한 듯 입을 뻐끔거렸다. 생각지도 못한 이름이 카릴에게서 나오자 머리가 하얘지는 기분이었기 때문이다.

'저 녀석이 어떻게 백금룡(白金龍)을 알고 있는 거야? 그는 200년간 레어에서 나온 적이 한 번도 없는데…….'

인간의 수명이면 두 차례 대(代)가 바뀌고도 남을 정도로 오래전에 자취를 감춘 드래곤.

눈앞에 있는 꼬마가 어찌 그 드래곤을 아는지 칼립손은 당황스러울 따름이었다.

'어디서 주워들었는지 모르겠지만.'

칼립손은 도무지 이해가 안 가는 듯 인상을 구겼다.

"무슨 소린지 모르겠군. 드래곤이라니. 대륙에서 사라진 지 오래된 종족이잖나."

하지만 그의 대답에 카릴은 오히려 한 발자국 더 가까이 다가갔다. 작은 키에 까치발을 든 그가 테이블 위에 턱을 괴면서 여유로운 표정으로 말했다.

"걱정하지 마. 당신에게 해가 가는 일은 없을 거니까. 애초에 나르 디 마우그가 원하는 건 특이한 물건이지 당신이 만든 마법 무구가 아니잖아?"

"……"

그의 말에 칼립손이 인상을 구겼다.

"시끄럽다. 너 같은 꼬마가 나르 디 마우그 님에 대해서 뭘 안다고 함부로 말하는 거냐. 그분은 다 죽어가던 나를 살려주신 분이다."

"그렇겠지."

카릴은 그를 향해 웃었다.

"백금룡이 다른 드래곤들처럼 하위 종족에게 관심이 없었다면 당신은 살아남지 못했겠지. 확실히 특이하지만 고마운 녀석이야."

"녀…… 녀석이라니!!"

칼립손은 놀라 입을 다물지 못한 채로 그에게 소리쳤다.

'그리고 그건 인간 역시 마찬가지.'

신탁(神託).

3년 뒤 벌어질 전쟁에서 드래곤 중 유일하게 전쟁에 참여한 것이 그였으니까.

'시간을 거슬러 올라가는 방법을 내게 알려준 것도 그였고.'

오랜만에 입에 담아보는 그 이름에 카릴은 감회가 새로운 듯하더니 질문했다.

"그래서. 내게 보여줄 물건은?"

"……."

"어차피 아직 잠들어 있을 텐데. 당신이 생명의 약속을 지키기 위해 매번 레어 앞에 물건을 가져다 놓는 건 알지만, 이왕이면 3년 뒤에 하는 게 더 좋을 거다."

"……뭐?"

칼립손은 카릴의 말을 이해할 수 없다는 듯 콧방귀를 뀌며 말했다.

"흥, 이상한 소리를 하는군. 자, 한번 봐라. 이게 내가 만든 것들이니."

쿠웅---!

칼립손은 조심스럽게 서랍 안에서 세 개의 상자를 내려놓았다.

낡은 골동품들만 잔뜩 있는 가게와 어울리지 않게 하나같이 정교하게 세공된 화려한 상자들이었다.

'흥, 어차피 입이 떡 벌어질 가격의 물건들이다. 돈이 얼마나 많은지는 모르겠지만 꼬마 녀석이 가지고 있는 것이라 해봤자 뻔하지.'

카릴을 바라보며 칼립손은 입꼬리를 올리며 생각했다.

탈칵, 탈칵, 탈칵-

"이, 이봐……!!"

상자 안에 들어 있는 물건 하나하나가 엄청난 것들이었다.

아무렇지 않은 얼굴로 상자의 뚜껑을 젖히자 칼립손은 안색이 새하얗게 변하면서 그를 말리려고 했다.

"흐음."

하지만 상자 안을 바라보던 카릴은 실망스럽다는 표정을 지었다.

'뭐, 뭐야. 저 얼굴은.'

지금까지 자신이 만든 물건을 보고 저따위 얼굴을 한 사람은 없었다.

"이게 단가?"

"당연하지, 애송아. 네 눈은 옹이구멍이냐. 그 어떤 던전을 가도 이만한 보물을 찾기 어려울 거다."

놀라 자빠지는 것도 모자랄 판에 얼굴을 구기는 카릴의 모습에 칼립손은 어처구니가 없었다.

"확실히 어떤 던전을 가도 보기 힘들긴 하겠어. B급 던전 정도는 돼야 할 테니."

"……뭐?"

"더 있을 텐데. 꺼내보지그래."

"무, 무슨 소리야!?"

카릴의 말에 오히려 칼립손이 더욱 언성을 높였다. 하지만 그의 모습에 카릴은 피식 웃으며 낮은 한숨을 내쉬었다.

"꼭 이렇게 직접 얘기를 해야 해? 어째서 노움들은 항상 꼭꼭 숨겨놓으려고 하는지 모르겠단 말이야."

"그게 무슨……."

"네 개의 송곳니."

꿀꺽-

칼립손은 자신도 모르게 삼킨 침 소리에 깜짝 놀라며 카릴을 바라봤다.

"내가 사고 싶은 건 그거다."

네 개의 송곳니(Four Canines). 노움 세공사 칼립손이 만든 역작 중의 역작.

붉은 작은 보석이 박힌 반지는 겉으로 보기에는 평범한 액세서리처럼 보이지만 노움의 세공 마법이 걸린 방어구였다.

세공 마법(Magic Craft)은 오직 세공사만이 자신이 만든 무구에 걸 수 있었다. 주문의 각인 자체도 어렵지만, 그 효과도 가늠할 수가 없다.

때로는 주문이 세공사에게 역행되어 제작 과정에서 목숨을 잃을 수도 있기에 노움이라 할지라도 세공 마법을 걸 아이템을 만드는 일은 거의 없었다.

'그런 의미에서 네 개의 송곳니는 대단하지. 발동 조건이 무식하긴 하지만.'

반지에 박혀 있는 네 개의 날카로운 송곳니는 사용자의 마력을 뽑아내 방어막을 만들며 마력의 양이 많으면 많을수록 그 방어막의 강도가 올라간다.

즉, 사용자의 마력을 빨아 먹는다는 말.

'더욱이 네 개의 송곳니가 빨아들이는 마력의 한계가 없다. 그 말은 자칫 잘못하면 마력고갈로 오히려 사용자가 죽을 수도 있다는 거지.'

발동 조건 자체가 인간이 쓸 수 있는 것이 아니었다.

'신탁(神託)이 내려지고 나르 디 마우그가 자신의 보물들을 인간에게 내어줬었지. 그때 있었던 물품 중에 하나.'

카릴은 칼립손이 떨리는 손으로 바닥에 숨겨놓은 상자를 꺼내는 것을 바라봤다.

탈칵-

상자 안에 들어 있는 반지를 보며 카릴은 만족스러운 듯 고개를 끄덕였다.

'그 당시에는 궁정마법사인 카딘 루에르가 이걸 제국 내에서 유일하게 다룰 수 있었지. 하지만 대마법사의 반열에 오른 그 역시 쓸 수 있는 마력은 결국 한정되어 있다.'

'다룰 수 있다'와 '자유자재로 쓸 수 있다'는 명백히 다르다.

하지만 자신의 마력혈은 다르다. 카릴은 반지를 꺼내어 바라봤다.

'내 마력이라면……'

어쩌면, 신조차 막을 수 있을지도.

'아쉬운 건 반지의 이름처럼, 방어막 한 번에 송곳니 하나. 즉, 네 번밖에 사용할 수 없다는 점이겠지만.'

그걸로 충분하다. 죽으면 끝. 목숨은 하나뿐이니까.

그것을 막아주는 것만으로도 이 무구의 가치는 다른 것에 비할 수 없다.

"이봐. 이걸 어떻게 알았는지 모르겠지만……. 다 좋다. 좋은데. 이걸 살 돈은 있나? 괜한 욕심 부리지 말고……."

촤르르륵……!!

칼립손의 말이 끝나기가 무섭게 카릴은 품 안에 있는 주머니를 테이블에 내려놓았다.

"겨우 이 정도로……."

작은 금화 주머니에 칼립손은 콧방귀를 뀌며 주머니의 입구를 풀었다.

"……!!!"

"250년 전 금화다. 노움이면 알겠지? 그 당시에 금화는 순도 100% 금으로 만들어진 것이란 걸. 이 정도면 충분한 값이라고 생각하는데. 부족하다면 그 안에 보석 몇 개도 주지."

칼립손은 입을 다물지 못하고 주머니 안에 있는 금화와 보석들을 살폈다. 푸른색의 커다란 보석을 꺼내 살피던 그는 깜짝 놀라지 않을 수 없었다.

단순한 보석이 아니었다. 수십 년 전에 광맥이 사라져서 이제는 더 이상 볼 수 없는 청요석(青曜石).

"소…… 속성석?"

"그래."

그게 다가 아니었다.

청요석을 비롯하여 적명석, 흑철석, 요람석 등등…….

'그것도 이런 순도 높은 보석이라니……. 이 정도면 작은 나라 하나 살 수 있을 정도잖아!'

속성석(屬性石). 마법의 근원이라고 할 수 있는 5대 속성 중 하나의 힘이 응축되어 있는 이 돌은 복용을 해도 좋고 무구에 바르는 것도 가능하다.

금화 따위와 비교도 할 수 없을 엄청난 가치의 마석들. 칼립손은 어처구니없다는 듯 카릴을 바라봤다.

"속성석은 각이 높을수록 순도 높은 마력을 품고 있다는 건 잘 알 테지. 모두 8각석이다. 현존하는 마광산에서는 구할 수도 없는 것들이야."

꿀꺽-

칼립손은 자신도 모르게 마른침을 삼켰다.

'8각석을 복용하게 되면 1클래스의 평범한 사람도 마법사의 반열에 오를 수 있을 수 있다고 했다.'

"이걸 이디서……?"

"암시장에서 필요한 건 물건과 금화뿐 아닌가? 팔지 않을 거라면 어쩔 수 없지."

"자, 잠깐!!"

가게를 나서려는 카릴을 그가 황급히 불렀다.

드래곤의 마력을 가진 그에겐 불필요한 것이지만 마력을 가진 자들이라면 눈이 돌아갈 정도의 엄청난 것들이다.

문고리를 잡은 카릴의 입꼬리가 기다렸다는 듯 가볍게 올라갔다.

"조…… 좋아. 반지를 넘기지."

카릴은 그의 말에 고개를 천천히 끄덕였다.

'흥, 꼬마 녀석치곤 머리를 굴릴지 아는 것 같지만 역시 어려. 어디서 구한 건진 모르지만 금화는 그렇다 쳐도 이만한 8각석이라면 제국의 황제도 얻지 못할 물건인데!'

칼립손은 웃음을 꾹 참으며 금화 주머니를 자신 쪽으로 천천히 잡아당기고는 그에게 반지를 건넸다.

차륵…….

카릴은 말없이 새끼손가락에 네 개의 송곳니를 끼워 넣었다.

그러자 따끔한 통증과 함께 반지가 그를 깨물 듯 조여졌다. 붉은 피가 살짝 맺혔지만 이내 곧 그마저 흡수된 듯 말끔하게 사라졌다.

"그런데 한 가지만 묻지. 너, 아까부터 노움들이라고 하던데 혹시 다른 노움을 알고 있나?"

조심스러운 목소리. 하지만 그의 물음에 카릴은 기다렸다는 듯 담담한 얼굴로 말했다.

"글쎄. 예전에 우연히 만난 것뿐이다. 살고 있는 곳은 몰라. 하지만 장소는 알지. 뭐……. 나도 들은 것뿐이지만."

"자, 장소를? 누구에게?"

조심스러웠던 목소리는 이제 다급해졌다.

카릴은 전생의 기억을 떠올렸다.

"신탁이 내려지기 전, 조금만 일찍 알았더라면 남아 있는 동족들을 구할 수 있었을 텐데……. 아쉽구나, 아쉬워……. 빌어먹을 이 전쟁으로 겨우 남아 있던 자들까지 모두 죽어버렸으니까……."

한숨 섞인 목소리. 신분을 숨긴 채 숨어 살다시피 했던 늙은 노움이 왕도의 성벽 아래에서 전장을 바라보며 자신에게 했던 이야기.

신탁으로부터 대륙은 구할 수 있었지만 정작 자신의 동족은 구할 수 없었다.

'누구에게 들었냐고?'

카릴은 천천히 고개를 들어 칼립손을 바라봤다.

'5년 뒤에 나와 만날 당신에게.'

하지만 이 말을 할 수는 없겠지.

대신.

"원한다면 그 장소를 알려줄 순 있다."

"저…… 정말이냐"

"물론."

카릴은 자신만만한 표정으로 고개를 끄덕였다.

"혹시 알아? 멸망했다고 생각했던 노움국(國)의 마지막 핏줄이 당신을 기다리고 있을지 말이야."

그의 말에 칼립손의 눈이 심하게 흔들렸다.

'당신이라면 궁금해 미치겠지.'

카릴은 그가 먹잇감을 확실하게 물었다는 것을 직감했다.

어리다고? 무슨 말도 안 되는 소리를.

"정말…… 이야? 그, 그게 어딘데?!"

칼립손은 더 이상 참지 못하고 테이블을 박차고 튀어나오며 소리쳤다.

하지만 격한 그의 반응과 달리 카릴은 담담한 표정으로 테이블 위에 조금 전 자신이 놓아둔 금화와 속성석이 든 주머니를 가리켰다.

"여긴 암시장이잖아. 필요한 게 있으면 당연히 그에 걸맞은 충분한 값을 지불해야지. 안 그래?"

"……뭐?"

그는 가볍게 웃으며 말했다.

금화와 속성석이 담긴 주머니를 가리킨 손 위로 네 개의 송곳니가 반짝거렸다.

▶Chapter 2◀

카릴은 만족스러운 얼굴로 암시장을 나왔다.

그는 두둑한 주머니를 다시 품 안에 넣고는 고개를 끄덕였다.

철컥-

그는 자신의 손을 감싸고 있는 건틀렛이 마음에 드는 듯 몇 번이나 주먹을 폈다 쥐었다. 처음 칼립손이 꺼내놓은 세 개의 상자 중에 하나에 들어 있던 물건이었다.

겨우 B급 던전에서나 볼 수 있는 물건이라고 혹평했지만 사실상 황궁의 보물 창고에서도 이만한 것을 찾기는 쉽지 않을 것이다. 대륙의 내로라하는 대장장이들도 이런 물건을 만들진 못할 테니까.

'이질감도 없고. 확실히 좋은 물건이야. 역시 노움의 손재주는 드워프 못지않다니까.'

마치 자신의 손에 꼭 맞게 제작을 한 것처럼 착용하자마자 저절로 사이즈가 줄어들며 착 감겼다.

'뭐, 동족도 동족이지만 아직 남아 있는 광맥의 위치를 알려 준 것의 대가치고는 싸지. 오히려 그가 고마워해야 할 일이야.'

그렇게 생각하면서도 카릴은 자신도 모르게 가볍게 콧노래 를 흥얼거렸다.

'미스릴로 된 건틀렛. 크게 특별한 건 없지만 단단하면서도 약간의 마법 방어력까지 부가되어 있다. 방패 대신 쓰기에도 적합하고.'

서컹--!!

카릴이 주먹을 쥔 손에 힘을 주자 건틀렛의 손등 부분에서 날카로운 날이 튀어나왔다.

'비상시에도 유용하지.'

손을 다시 한번 튕기자 솟아 나왔던 날이 안으로 들어갔다.

"그걸 사신 겁니까?"

"응? 아아…… 뭐 비슷해. 쓸 만하지?"

암시장의 입구에서 기다리고 있던 수안이 카릴의 건틀렛 바 라봤다. 건틀렛 안에 숨겨진 네 개의 송곳니까지 굳이 그에게 알릴 필요는 없었다.

상상조차 하지 못할 것이다. 암시장에서 한 번에 두 개의 물 건을 살 수 있는 여력을 가진 자는 귀족 내에서도 드물 테니까.

"이제 어떻게 하실 생각이십니까? 덕분에 타투르에 카릴 님의 소문이 쫙 퍼졌습니다."

자랑스럽게 얘기하는 카릴과 달리 수안은 낮은 한숨을 내쉬며 물었다.

"상관없지 않아? 어차피 알게 될 일이야. 나머지 관리자 에게도 내 이야기가 들어갔으면 좋겠는데."

"끄응……"

수안 하자르는 카릴의 말에 고개를 저었다.

"암시장의 두샬라. 네 명의 관리자 중 한 명이라 들었는데 아쉽게도 만나진 못했네. 다른 녀석들처럼 이름이 불리는 곳에 있을 거라고 생각했는데."

카릴은 모른 척 넌지시 말했다.

"그녀는 다른 곳에 있습니다. 음침한 여자지만 딱히 그런 곳을 좋아하진 않으니까요."

"어디 있나 아나 보군. 그럼 나머지 한 명도 알고 있어?"

"그건……"

그의 말에 수안은 살짝 당황해하는 듯 보였다.

"뭐, 상관없어. 어차피 내가 가서 확인할 거니까."

"네?"

"당분간은 이곳에 있을 거거든. 여기 온 이유가 있어서 말이야."

카릴은 저택을 나서던 때부터 설정했던 자신의 목표를 잊지 않았다.

대륙에서 마법을 익힐 수 있는 두 곳.

상아탑과 안티홈 대도서관.

마법회가 장악하고 있는 그 두 곳을 제외하고 유일하게 나르 디 마우그의 레어를 찾기 위한 발판인 이곳.

"에이단은? 여전히 동생을 찾는 중인가?"

"글쎄요. 도시로 들어와서는 아직 보이지 않습니다."

"그래? 뭐 잘됐어. 성가신 녀석이 있으면 귀찮아지니까."

"네?"

카릴은 몇 번 더 건틀렛을 살펴보면서 아무렇지 않게 말했다.

"일단은 알고 있는 관리자부터 만나러 가볼까."

시간으로 따진다면 타투르에 온 지 24시간도 채 지나지 않은 지금 그는 벌써 3명의 관리자를 찾았다.

역사상 그 누구도 이런 적은 없었다.

"이 밤중에 말입니까?"

"아마 안 자고 있을걸. 온갖 신경을 곤두세우고 날 기다리고 있을 테니까."

마치, 그녀를 잘 알고 있는 것처럼 말하는 카릴의 모습에 수안은 할 말을 잃은 듯 물끄러미 그를 바라봤다.

"쇠뿔도 단김에 빼랬다고 시간이 되면 나머지 한 명까지 만날 수 있으면 좋겠는데."

카릴은 묘한 웃음과 함께 의미심장한 말을 남겼다.

"캄마, 그 늙은이가 암시장의 문을 열어줬다고."

"그렇습니다."

어둠 속에서 들려오는 날카로운 목소리.

건장한 남자들이 그 한마디 한마디에 긴장을 한 듯 경직된 자세로 서 있었다.

"능구렁이 같은 작자야."

"가만히 둬도 괜찮을까요? 이건 명백한 규율 위반이지 않습니까. 그 꼬마를 저희가 관리자로 인정한 것도 아닌데."

"내버려 둬. 녀석을 구워삶으려는 물밑 작업이겠지. 어차피 힘으로는 힘들어. 실제로 녀석하고 붙어볼 만한 사람은 챔피언 정도일 테니까."

4명의 관리자 중 마지막. 투기장의 챔피언(Champion).

자유도시라 불리는 타투르가 무질서 속에서 질서를 유지할 수 있는 유일한 이유가 바로 무법항과 더불어 투기장을 갖고 있기 때문이다.

제국에서 도망친 자들이지만 그들 중엔 단순히 노예만 존재하는 것이 아니었으니까.

살인, 도작, 방화……. 기타 여러 가지 이유로 제법 능력 있던 용병과 마법사 혹은 헌터 등등 특이한 이력을 가진 자들이 이곳에 있었다.

'투기장의 챔피언은 타투르의 관리자가 될 수 있다.'

이 하나의 조건만으로 수많은 도전자가 몰렸고 사람들은 저마다의 투사에게 돈을 건다.

혈기 왕성한 그들을 한곳에 집중하게 하여 광기를 발산하고 돈을 버는 일석이조의 사업.

우습게도, 돈에 팔리듯 모인 투기장의 참가자들을 가리켜 노예병(奴隷兵)이라 불렀다.

"하지만 그는……."

"알아. 나도 왜 그가 움직이지 않는지 이상하니까."

그 순간, 반짝거리는 보석이 박힌 혓바닥이 붉은 입술을 쓸고 지나가자 그곳에 있던 사람들은 본능적으로 오싹한 기분이 들었다.

"그러니 우린 우리 방식대로 해야지. 미꾸라지인지 용인지는 모르겠지만, 상대가 뭐든 둥지를 지키기 위해선 참새도 뱀을 부리로 쪼는 법이니까."

두샬라. 4명의 관리자 중의 한 명인 그녀는 타투르의 또 다른 핵심이라 불릴 수 있는 암시장을 관리하는 자였다.

'내 허락도 없이 암시장의 문을 열어?'

아무리 관리자 2명의 승인이 있다면 문을 열 수 있다는 규율이 있다지만 그건 그저 표면적인 것. 무법항은 큐란, 빈민가는 캄마, 투기장은 챔피언 그리고 암시장은 두샬라의 구역이다.

각자의 거리는 절대로 침범하지 말자는 것이 진짜 규율이었다.

자신의 허락 없이 문이 열렸다는 것은 어쩌면 관리자인 그녀로서는 최악의 수치로 볼 수 있었다.

'암시장의 존재를 아는 걸 봐서는 단순한 꼬마가 아니야.'

두샬라의 눈빛이 번뜩였다.

'단지 걸리는 건 그 꼬마가 칼립손 노인네의 가게에 들어갔다는 거. 거기는 쓸 만한 물건이 하나도 없을 텐데.'

큐란의 목을 친 것도 모자라 캄마를 찾아가 암시장의 문을 연 사람이 아무런 생각 없이 가게를 선택할 리가 없었다.

그녀는 의심하고 또 의심했다. 그 의심이 자신을 이곳의 관리자로 올라가게 만든 이유라는 것을 스스로도 잘 알고 있으니까.

'나는 녀석들과는 달라.'

"지금 당장 칼립손의 가게를 조사해. 그리고 녀석이 무엇을 가져갔는지 알아내."

"네? 하지만 암시장의 가게는 손대지 않는 게 규율인지라……."

그녀의 말에 부하는 잠시 당황한 듯 말했지만 날카로운 눈빛에 그만 입을 다물고 말았다.

"그 규율을 누가 만들었지? 늙은이 하나쯤 어떻게 된다 하더라도 이곳에서는 아무 일도 아니야."

"알겠습니다."

"그리고 그 꼬마의 위치를 찾아. 캄마가 손을 쓰기 전에 우리 쪽에서 선수를 친다."

"넵."

그때였다.

철컥-

"찾을 필요 없다."

어둠 사이로 들어오는 빛.

"……!!!"

마치 그녀의 생각을 이미 알고 있기라도 한 듯, 단단한 철문을 열고 들어온 사람은 다름 아닌 카릴이었다. 마치 반가운 얼굴을 재회하듯 가볍게 웃었다.

하지만 그의 등장에 그곳에 있는 사람들은 모두 경계를 하며 허리에 찬 검에 손을 가져갔다.

"쓸데없는 짓 하지 마. 여기에 날 어떻게 할 수 있을 만한 실력자는 없는 것 같으니까. 불필요한 피를 보고 싶진 않다. 그건 너도 마찬가지일 텐데, 두샬라."

자신의 이름을 정확히 알고 있는 카릴을 바라보며 그녀는 낮은 목소리로 말했다.

"앉지."

쪼르르륵-

차를 따르는 소리가 조용히 들렸다. 두샬라가 손짓을 하자 방에 있던 부하들이 황급히 빠져나갔다.

"……"

카릴은 김이 나는 찻잔을 물끄러미 바라보며 의자에 기대어 앉았다.

"그래, 소문이 자자한 유명인이 무슨 이유로 여기까지 찾아왔는지 들어볼까."

그녀는 테이블 아래에 손을 집어넣으며 아무렇지 않은 듯
말했다.

"거래를 하러 왔다."

"거래라? 너무 당당한 거 아냐? 이봐, 관리자를 죽이고 암시
장까지 다녀온 자가 이곳에서 더 얻을 게 있나? 욕심이 과한
거 아냐?"

두샬라의 눈빛이 차갑게 변하기 시작했다.

"세상엔 가질 수 있는 게 있고 없는 게 있다. 아무리 자유도
시라고 해도 최소한의 규율은 있는 법이야."

"그래?"

그 순간 카릴은 보이지 않는 빠르기로 아그넬을 뽑아 있는
힘껏 벽을 향해 던졌다.

콰아앙---!!!

벽에 박힌 단검이 그 속도를 이기지 못한 듯 파르르 떨렸다.

"……."

주르륵…….

벽에서 흘러나온 피가 단검을 타고 맺혔다.

"은신 숙련도가 제법이네. 그런데 믿고 있는 카드가 설마 한 명
뿐인가? 차라리 캄마 쪽이 더 낫군. 1분은 더 벌 수 있었을 테니."

카릴은 자신의 앞에 있던 테이블 위의 찻잔을 그녀의 눈앞
에서 꺾었다.

툭, 툭, 툭…….

조르르륵—

한 방울씩 떨어지던 찻물이 테이블 아래 두샬라의 허벅지를 적시면서 바닥에 흘러내렸다.

"……."

두샬라는 젖어가는 테이블보를 말없이 바라봤다.

"암살자와 독이 든 차. 너무 고전적이잖아."

꿀꺽-

잘못 봤다. 방심한 것은 그가 아니라 자신이었다.

아무렇지 않게 말하는 그의 모습에 그녀는 자신도 모르게 마른침을 삼켰다.

"여긴 재밌는 곳이야. 대륙 반대편에 있는 동방국(東方國) 사람인 너와 제국 귀속이었던 큐란, 이민족인 캄마와 혼종인 수안까지. 마치 누가 짠 것처럼 같은 핏줄이 없어."

두샬라의 눈빛에 당혹감이 서렸다.

'어떻게 그 사실을…….'

그녀는 대륙으로 온 이후 단 한 번도 자신의 출신지에 대해서 말한 적이 없었다.

동방국(東方國). 카릴의 말대로 대륙 반대편에 있는 작은 섬으로 이뤄진 그곳은 1인 세습제로 유지되는 나라였다. 그곳엔 섬의 주인이라 불리는 특수한 단체가 있었다.

'표정을 보니 놀랐나 보지. 사실 네 출신이 어딘지는 별로 상

관없어. 나중에 에이단으로부터 듣게 된 사실이니까. 네가 동 방국의 도망자라는 걸.'

동방국의 사람들은 태어나자마자 암연(黯然)이라 불리는 단체에서 교육을 받는다. 그곳을 졸업한 자들은 암살자로서 대륙 전역에 특수한 임무를 수행한다.

그 교육이 끔찍할 정도로 고통스러워 동방국의 인구가 유지되는 것도 그 과정에서 절반 이상이 죽어나기 때문이라고 알려져 있었다.

"……."

"암시장의 보물 따윈 성에 차지 않아."

카릴은 그녀를 향해 날카로운 목소리로 말했다.

"나는 이곳을 얻고자 한다."

그의 으름장에 두샬라는 캄마와 달리 코웃음을 쳤다.

"당신이? 타투르에 사는 자들이 그저 말 잘 듣는 평민이라 생각하나? 혼자서 그들을 다룰 수 있을 거라고 생각해? 기껏해야 개인의 힘. 그걸로 날뛰는 도시의 고삐를 잡을 수 있을까?"

두샬라의 말이 끝나기 무섭게, 카릴은 그녀의 턱을 가볍게 들어 올렸다.

"내가 다루는 게 아냐. 너희가 다루는 거지. 나는 딱 4명, 아니지. 이제 3명만 다루면 돼."

그 3명의 남아 있는 관리자 중 한 명인 그녀는 카릴을 바라보며 인상을 구겼다.

"미…… 미친놈!!"

"너라면 알고 있을 거다. 언제까지 이런 식으로 도시를 운영할 수 없다는 걸. 처음엔 투기장 그리고 지금은 암시장이겠지. 안 그래? 제국과 귀족에게서 도망쳤지만 결국 그들을 다시 끌어들일 수밖에 없지."

"……."

카릴의 말에 그녀의 얼굴이 굳어졌다.

"늘어나는 이민자들을 제어하면서도 제국과 공국의 눈을 피하기 위해서 무법항의 악명을 이용하고 말이야. 사람이 살 만한 곳이 아니다, 들어가기 위해선 목숨을 걸어야 한다. 등등……."

그는 테이블 위에 큐란의 증표를 내려놓으면서 말했다.

"사람의 목숨을 가지고 내기를 하는 녀석이야 죽어 마땅하지만 뭐……. 그건 그것대로 필요한 일이기도 했겠지. 너희들 머리에서 나온 거치곤 최선이었을 테니까."

그는 천천히 고개를 끄덕였다.

"캄마를 둔 것도 최선은 아니지만, 차선쯤은 된다. 나쁘지 않아. 녀석의 행실은 쓸모없지만, 끊임없이 빈민가에서 투기장에 도전할 사람들을 모아왔으니까. 도시 내의 광기를 그쪽으로 돌릴 수도 있고 말이야."

카릴의 손길이 두샬라의 턱에서 천천히 올라 뺨을 훑고 지나갔다. 그녀는 자신도 모르게 움찔거렸다.

"거기에 노예왕이라는 메이커까지. 큐란과 수안 하자르의 악명과 명성을 동시에 조율하고 암시장을 통해 귀족의 눈을 피하면서 명맥을 유지한다. 누가 봐도 너의 머리에서 나온 계획이지. 안 그래?"

정확히 꿰뚫어 본 도시의 모든 것.

"그래서……?"

그의 말에 그녀의 얼굴이 굳어졌다.

"넌 이걸로 괜찮은가?"

"……뭐?"

카릴은 한 글자 한 글자에 힘을 주며 그녀의 귀에 박히듯 말했다.

"동방국에서 도망쳐 나온 이유가 있을 텐데."

두샬라는 목덜미가 서늘해지는 기분이었다.

그녀는 대륙 땅을 밟고서 단 한 번도 자신의 신분을 밝힌 적이 없었다.

심지어, 자신의 심복에게조차 알리지 않았다.

그런 그녀의 출신을 생전 처음 보는 꼬마가 알고 있으니 눈으로 보고도 믿을 수 없는 일이었다.

카릴은 마치 두샬라의 마음을 꿰뚫어 본 것처럼 확신에 찬 목소리로 말했다.

"더 큰 세계를 보고 싶지 않나."

"……."

수안 하자르는 카릴의 거침없는 행동에 입을 다물지 못했다.

큐란, 캄마 그리고 이제는 두샬라까지.

제국과 공국 그리고 삼국까지 손을 대지 못했던 타투르의 관리자들을 하루가 채 끝나기도 전에 모두 그의 마음대로 하고 있었다.

"더 큰 세계? 꼬마야, 꿈이 큰 건 좋지만 도시 하나를 다스리는 것도 얼마나 힘든 일인지 모르나 보네. 뭘 보여줄 건데? 앞뒤, 양옆으로 왕국들에 둘러싸인 여기서 말이야."

두샬라는 카릴의 말에 차가운 비소를 지었다.

"대륙 정벌이라도 나설 참인가?"

"글쎄. 그러기엔 타투르의 오합지졸로는 힘들겠지. 적어도 북부의 이민족과 남부 야만족의 힘이 필요할 거야."

"말은 잘하는군."

"딱히 말만 하는 건 아닌데."

그때, 카릴은 자신의 뒤에 서 있는 수안 하자르를 바라보며 말했다.

"아……."

그의 시선을 느끼자 수안은 깜짝 놀라며 어깨를 주춤했다.

"네가 궁금한 해결책을 가져왔다."

"……뭐?"

두샬라는 그 말에 수안 하자르를 바라봤다. 하지만 당황해하는 그의 표정을 보며 이내 그녀의 얼굴이 구겨졌다. 곧, 어이없다는 듯한 말이 이어졌다.

"저자가? 할 줄 아는 것이라고는 싸움과 강을 건너는 일밖에 없는데?"

하지만 차가운 반응과 달리 카릴은 묘한 웃음을 지었다.

"아닐걸."

촤르르륵---

카릴은 벽에 걸려 있는 지도를 뜯어내서 테이블 위에 깔았다.

"수안 하자르, 네게 묻겠다. 4면이 강으로 둘러싸여 있는 타투르에서 가장 확실한 이동 방법이 뭐가 있지?"

"그건……."

그의 물음에 수안이 지도를 바라봤다. 지도에는 대륙을 관통하는 포나인 강이 있었고 그 한가운데에 타투르가 있었다.

답은 간단했다. 지금까지 그가 계속해 왔던 일이니까.

"강을 건너는 겁니다."

그의 말에 카릴은 고개를 끄덕였다.

"대륙을 이동하기 위해서는 대부분 육로를 이용합니다. 하지만 그것보다 빠른 건 조류를 타는 것. 제국과 공국은 불가능하죠. 하지만 저희는 가능합니다."

"그래서? 결국, 그거냐? 대륙의 이민족들을 더 날라오려고? 아예 북부에 살고 있는 이민족까지 모두 이곳으로 부르지그래?"

두샬라는 수안 하자르를 노려보며 말했다.

"너의 그 쓸데없는 자비심 때문에 타투르가 왕국들의 눈 밖에 난 걸 암시장에서 간신히 무마하고 있다는 걸 모르는 건 아니겠지?"

"……."

그녀의 말에 수안의 얼굴이 굳어졌다.

그때, 카릴이 나섰다.

"사람을 싣는 게 아니야."

그는 나지막하게 웃었다.

"정보(情報)를 싣는 거지."

그러고는 아무도 모르게 주먹을 쥔 손에 힘을 주었다.

"앞으론 네가 그에게 고마워해야 할걸. 이건 누구보다 빠르게 조류를 탈 수 있는 수안 하자르만이 할 수 있는 일이니까."

"정보를 판다?"

"그래. 공국과 제국 그리고 삼국의 정보를 모두 다룰 수 있는 유일한 곳이 바로 타투르니까. 각국의 약점을 모두 잡고 있는 중심지가 될 수 있다."

"어떻게?"

카릴의 말에 흥미가 생긴 걸까. 조금 전까지만 하더라도 무심하던 두샬라가 오히려 그에게 물었다.

"제국은 이단섬멸령을 내렸지만, 공국과 삼국은 다르다. 그곳엔 터를 잡고 살고 있는 이민족들도 있다. 게다가 타투르는 이민족만이 사는 것이 아니라 제국인들도 살고 있다."

"……아!!"

카릴의 말에 수안 하자르는 뭔가를 깨달았다는 듯 손뼉을

쳤다. 마치, 스승이 낸 문제를 푼 어린 학생처럼 흥분된 목소리로 지도를 가리키며 말했다.

"그들을 이용하는 거군요. 각지에 흩어져 있는 이민족들! 그자들이 우리의 발이 되어 각각의 거점들을 연결하고 수집된 정보를 포나인을 통해 운반한다면……."

"잠깐."

그 순간, 카릴이 그의 말을 막았다.

"그냥 움직인다면 분명 눈치챌 거다. 오히려 제국과 공국의 습격을 받을 수도 있는데?"

하지만 그 물음에 수안은 기다렸다는 듯 자신 있게 말했다.

"상단을 만드는 겁니다. 이거야말로 대륙을 가장 자유롭게 이동할 수 있는 형태죠."

수안의 말에 카릴은 천천히 고개를 끄덕였다.

라바트 길드. 상인 특유의 튜닉을 입고 있던 수안의 모습이 떠오르는 것 같았다.

'전생과 같다. 타투르는 확실히 요충지였으니까. 라바트 길드 역시 정보를 팔았지. 하지만 라바트 길드를 만들고 타투르를 그렇게 키운 것은 올리번.'

하지만 지금은 다르다. 수안 하자르가 스스로 깨우쳤다.

이것만으로도 엄청난 변화라 할 수 있었다.

'그때의 그도 뛰어난 인재긴 했지만, 확실히 노예왕 시절의 능동적인 남자 같진 않았으니까. 그저 올리번의 명령을 따르

는 심복이었을 뿐.'

하지만 이번엔 자신 스스로 길드를 세우려 한다.

만약, 감옥에 갇혀 있던 수안 하자르가 올리번에게 대들었던 모습을 카릴이 보지 못했더라면 이런 생각도 하지 못했을 것이다. 그는 황제의 명령으로 자유 상단을 꾸려 제국을 위해 정보를 모으면서 제국에 승리를 안겨준 주역이다.

'하지만 이제 제국에 국한된 상단이 아니다.'

더 많은 것을 할 수 있을 것이다.

더 자유롭고. 더 활발하게.

카릴은 카이에 에시르가 남겼던 말을 떠올렸다.

'자율의지(自律意志).'

인간으로서 살아가기 위해 가장 중요한 것.

"맞다."

그는 천천히 고개를 끄덕이고는 벽에 꽂혀 있던 아그넬을 뽑아 지도 위에 수많은 선을 그었다.

"내가 말한 더 큰 세계는 단순한 나라가 아니다."

카릴은 두샬라를 잠시 바라봤다.

"강과 도시 그리고 이민족과 제국인까지. 그들이 발이 되고 거점이 되며 각각이 연결된다면……."

갈기갈기 찢기는 지도. 날카로운 무수한 선들이 지도 위를 빼곡하게 잠식해 들어갔다. 그 선들은 마치 수많은 먹이를 기다리는 거미줄을 보는 것 같았다.

"……"

"……"

두 사람은 카릴의 검을 따라 시선이 움직였다.

왕국에서부터 마을까지. 산기슭에서부터 깊은 산골까지.

그 잘려 나간 틈새는 모두 연결되어 마치 길처럼 보였다.

"이게 내가 생각하는 계획이다."

그 중심에 있는 타투르. 마치, 대륙의 모든 길이 이곳에서부터 시작되고 있었다.

"어디에도 없지만, 어디에도 있는 나라."

쿵-

카릴이 타투르에 단검을 박아 넣으며 말했다.

"보이지 않는 제국."

그 순간, 두 사람은 자신들의 귀를 의심했다.

상상도 해보지 못한 계획을 눈앞의 꼬마가 너무나 대수롭지 않게 담담히 말하고 있었기 때문이다.

카릴은 천천히 입술을 움직였다.

"우린 대륙 전역에 존재할 것이다."

"그 말은……. 내게 정보 상인이나 되라는 말인가?"

두샬라는 카릴의 말에 눈썹을 찡그리면서 되물었다.

하지만 떨리는 목소리에서 천하의 두샬라도 어지간히 놀란 듯싶었다.

"암시장이나 관리하는 것보단 훨씬 나을 텐데. 사람이 햇빛을 보면서 살아야지. 안 그래?"

"어리다는 건 어쩔 수 없나 보군. 대담하긴 한데, 대륙에 얼마나 많은 정보 길드가 있는지 모르나 보지? 그리고 그들의 말로가 어땠는지도."

카릴은 그녀의 말에 가볍게 웃었다.

"맞아. 그 끝이 다 좋지 않았지. 정보란 결국 비밀이니까. 비밀을 너무 많이 알아서는 제명에 못 죽지."

"……."

두샬라는 그의 말에 어처구니가 없다는 표정을 지었다.

"이봐, 나보고 그런 삶을 살라는 거야?"

"말했잖아. 정보란 결국 비밀이라고. 정보 길드들이 망한 이유가 뭔지 알아? 비밀을 비밀로 안 부치고 대놓고 팔아서 그래."

"그럼……."

"수안 하자르의 말처럼 상단을 꾸릴 거다. 하지만 정보는 은밀하게. 모으는 건 상단이지만 판매는 오직 암시장에서만 할 거다."

카릴은 펼친 지도에 한 부분을 가리키며 말했다.

"하지만 그것만으로 타투르를 유지하기는 어렵지. 도시를 지키기 위해서 무엇보다 필요한 것은 부(富)니까. 수안이 이끄는 상단은 실제로 물건을 팔 거야."

"진짜 상단을?"

"그래."

그는 지도에서 깊은 산맥 하나를 가리켰다. 타투르에서 그다지 멀지 않은 곳에 위치한 이곳은 이스트리아 삼국 사이에 있는 카나트라 산맥이었다.

"여긴 왜……?"

"단도직입적으로 말하지. 여길 우리 것으로 만든다."

그의 말에 두샬라는 인상을 쓰며 말했다.

"카나트라 산맥? 여긴 아무것도 없는 불모지라 삼국의 그 어떤 나라도 가지지 않고 버려둔 곳이잖아?"

"맞아."

정보력이 없어도 대륙에 사는 누구라도 알고 있는 사실이었다.

'확실히 지금은 쓸데없는 불모지지.'

6개월 뒤, 속성석 광석이 발견되기 전까지 말이다.

속성석의 용도는 다양하다. 복용해도 좋고 무구에 바를 수도 있어서 마법사와 연금술사들에게 특히 인기가 좋았다.

취급하기 어렵지만 가장 큰 문제는 얻을 수 있는 곳이 한정적이라 구하는 것 자체가 어렵다는 점이었다.

'게다가 자신의 속성에 맞는 속성석을 얻는 것도 쉬운 일이 아니고.'

하지만 얻을 수만 있다면 자신의 마력을 높이는 데 가장 훌

류한 도구가 된다. 그렇기 때문에 속성석은 귀족들에게 인기가 좋았다.

'이곳은 대륙에 단 3개밖에 없는 속성석 광산 중 유일하게 8각석이 채광되는 곳이다.'

그곳이 바로 조금 전 카릴이 가리킨 위치에 있는 카디홈 마광산.

'광산은 그냥 둬도 발견이 되지만 문제는 시간이지. 채광하는 데 시간이 오래 걸려 전생에선 제대로 활용을 하지 못했으니까.'

값어치가 있는 만큼 처음 발견되었을 때 왕국들 사이에서 마광산을 두고 쟁탈전이 벌어졌었다.

'덕분에 개발은커녕 아스트리아 삼국의 나라들이 서로 싸우다가 자멸하고 말았지만……'

그로 인해서 팽팽하게 유지되던 권세의 구도가 한순간에 무너지며 제국이 공국과 삼국을 모두 압살할 수 있는 기회를 가지게 되었다.

'내가 이곳을 얻게 된다면 타투르를 부상시키는 것과 동시에 제국의 힘이 과잉되는 것을 방지할 수 있다.'

그렇게 된다면 삼국 역시 멸망하지 않게 될 것이며 몇몇 걸출한 능력자들이 헛되이 죽는 것을 막을 수 있었다.

"마광산이라니……. 정말 그런 게 있습니까?"

카릴을 따르는 수안 하자르였지만 그조차도 쉽사리 믿기는 어려운 듯 떨리는 목소리로 말했다.

"아직 인접한 삼국도 모르는 일이야. 제국만이 유일하게 알고 있기 때문에 비밀리에 움직이고 있다."

그의 말에 두샬라는 카릴을 빤히 바라봤다. 그녀가 원하는 것이 무엇인지 알고 있기에 카릴은 오히려 자신감 넘치는 모습으로 말했다.

탁-

카릴이 품 안에서 무언가를 꺼내어 지도 위에 내려놓았다.

"이건⋯⋯."

"암시장을 운영하는 너라면 알아보겠지."

카릴이 꺼낸 것은 청기사단의 단장이자 소드 마스터인 크웰 맥거번의 수행자 증표였다.

이게 이런 식으로 사용될 것이라곤 본인도 생각하지 못했겠지만 카릴은 두샬라를 설득시키기 위해 이보다 더 좋은 것이 없다고 생각했다. 그 하나만으로 자신의 존재를 증명할 수도 있고 말이다.

'저 말이 사실인가? 어떻게 저 나이에 증표를 가지고 있지?'

각국의 귀족들과 연이 닿아 있는 그녀는 그것이 가지는 의미를 단번에 알아봤다.

'평범한 꼬마가 아니라는 건 예상했지만⋯⋯ 이 정도의 위치란 말인가.'

"내 정보의 출처를 모두 알려줄 수는 없다. 하지만 큰일을 하기 위해서는 도박도 필요한 법."

카릴은 담담한 목소리로 말했다.

"어때, 이거라면 너도 한번 도전해 볼 만한 용기는 생기지 않아?"

사실 이건 카릴로서도 도박이었다. 제국 내의 안전한 통행을 위해 받은 증표를 이런 식으로 쓰게 되었으니까.

만약, 두샬라가 한 발자국 더 의심해서 그의 정체를 살피려 한다면 곤란하다.

"……."

"……."

두 사람의 시선이 교차하였다.

버릴 것은 버리고 얻을 것을 얻는 거래에서 과연 무엇을 버리고 무엇을 취할 것인가. 그녀의 머릿속이 빠르게 회전하고 있었다.

'제국 내의 은밀한 임무를 맡는 자에게만 주어지는 물건이다. 평범한 꼬마가 아니라고 생각했지만……. 이 정도일 줄이야.'

두샬라는 당혹한 얼굴을 황급히 감추며 말했다.

"확실히…… 당신 말대로 마광산을 우리 것으로 할 수 있다면 타투르의 부강을 꿈꿔볼 수도 있겠군요. 하지만 어떻게 그걸 얻을 수 있죠? 아무리 버려진 땅이라고는 하지만 엄연히 주인이 있는 법. 타투르엔 법이 없지만, 대륙엔 법이 있어요."

그녀는 카릴이 꺼낸 증표를 슬며시 옆으로 치우고는 아래에 깔려 있는 지도를 가리키며 말했다.

"합법적으로 가지지 못한다면 삼국에서도 가만히 있지 않을 겁니다."

마지막 문제였다. 이마저 해결할 방법이 있다면······.

카릴은 그 말을 기다렸다는 듯 옅은 미소를 지었다.

"그건 걱정 마라. 그곳을 수여받은 귀족이 누군지 너도 알 텐데."

그 말에 그녀의 얼굴이 다시 한번 굳어졌다.

'이곳의 주인이라······. 삼국 중 하나인 이스탄 왕국의 노마 법사, 베릴 남작이었지.'

젊은 시절 대마법사까지 바라볼 수 있을 정도의 유망주였지만 여자에 빠져 자신의 재능에 등을 돌려 버린 비운의 마법사.

어린 시절 천재라고 불렸지만 천재조차 들끓는 성욕은 어떻게 할 수 없었던 걸까.

'그자는 사랑이라고 말했지만 하필이면 건드렸던 여자가 동맹국이었던 트바넬 왕국 공작의 여식에다가 또 한 명은 펜리아 왕국 자작가의 여식이었지.'

누가 봐도 양다리였다. 그걸 사랑이라고 말해줄 사람이 과연 몇이나 있을까.

'죽지 않은 게 다행이지.'

그 사실이 알려지고 베릴의 가문은 멸문까지 갈 뻔했다.

'하지만 썩어도 준치라고 그래도 그가 참여한 전장은 모두 승리했지. 특히 공국의 습격에서 삼국을 지키기도 했으니까.

그 덕분에 간신히 살아남아 그런 영토나마 수여받을 수 있었고.'

하지만 지금은 환갑의 나이에 접어들어 전투에 참여하지 않고 그저 환락가나 드나드는 쓸데없이 건강한 노마법사에 불과했다.

"명예로도 신념으로도 살아가지 않는 사람을 움직이는데 필요한 것이 무엇인지 아나?"

"……여자?"

두샬라는 찜찜하다는 표정으로 카릴에게 말했다.

그녀의 대답에 그는 피식 웃었다.

"뭐, 그것도 베릴에겐 틀린 말은 아니지. 하지만 늙은 몸뚱이로 또다시 사랑을 할 것도 아니고……."

카릴은 다소 가벼워 보이지만 검지와 엄지를 맞닿게 붙이면서 손가락을 농그랗게 만들었다.

"바로 돈이다."

촤르륵---!!

카릴은 이곳을 찾기 전에 들고 왔던 묵직한 주머니의 입구를 열어 책상에 뿌렸다.

"눈을 속이려면 베릴 이외에도 밑 작업을 해야 할 사람들이 몇 있을 거다. 하지만 다들 별 볼일 없는 자들이니 돈으로 매수하는 건 어렵지 않을 터."

"……."

그 광경을 본 순간 잠시 정적이 흘렀다.

"채광권에 관한 이야기는 베릴 남작 그자에게만 은밀하게 뿌릴 거다. 나이를 먹었지만 노망이 들 정도는 아니니 그도 마법사라면 속성석에 대해서 입맛을 다시지 않을 수 없을 터."

한때나마 천재라고 불렸던 사람이다. 허송세월을 보냈지만, 여전히 중앙으로 진출하고 싶어 하는 열망은 있을 것이다.

두샬라는 심각한 얼굴로 카릴을 바라봤다.

"후…… 솔직히 떨리는 얘기야. 하지만 당신이야말로 제국의 사주를 받은 거라면? 이런 식으로 타투르를 제국의 아래에 둘 계획이라면 어쩌지?"

"내가 보여준 이 금화는 제국의 것이지만 제국의 것이 아니다. 황가라 할지라도 이만한 옛 금화를 가지고 있지 않을 테니까."

카릴은 금화를 보이며 말했다.

"기껏해야 암시장에 몇 개 있는 게 대륙에선 전부일걸? 진위를 감정하고 싶다면 얼마든지 좋다."

가볍게 어깨를 으쓱했다.

"하지만 이제 내가 보여줄 수 있는 증거라면 모두 꺼내 보여 줬다. 맹세하건대 이 일은 제국과 관련이 없다. 나 스스로 벌인 일이다."

보이지 않는 제국. 조금 전 카릴이 했던 말을 두샬라는 되뇌면서 그를 바라봤다.

"나 참……."

그녀는 못 이기겠다는 표정으로 고개를 저었다.

"증표 다음에는 수백 년 전 제국의 금화라니, 당신…… 드래곤이라도 되는 거야?"

"그렇게 믿는 게 편하다면 그럴 수도. 나중에 일이 잘못되었을 때도 핑곗거리로 좋겠는걸? '드래곤의 장난에 휘말린 것뿐입니다'라고."

"……농담하지 마. 이쪽은 진지하다고."

"나 역시. 제국 위에 새로운 나라를 세우겠다는 말이 헛소리처럼 가벼울 리가 없잖아."

너무나 태연하게 대답하는 그 모습에 두샬라는 두 손을 들며 말했다.

"솔직히 당신의 능력이야 더 보여달라고 하는 것이 우스운 일이겠지."

"믿어봐라. 타투르는 누구도 넘볼 수 없는 도시가 될 테니까."

두샬라는 깊이를 알 수 없는 소년의 눈동자에 마치 빠져들 것 같은 기분이었다. 농담 삼아 한 말이었지만 어쩌면 정말 드래곤이 아닐까 하는 생각조차 들었다.

시간을 초월한 듯, 외모와 상관없이 마치 자신을 어린 사람처럼 대하는 듯한 자연스러운 그 모습에서 그녀는 처음으로 전율을 느꼈다.

타투르의 운명뿐만 아니라 자신의 운명까지 걸어볼 수 있을 것 같은 느낌…….

"그리고 능력이라고 할 건 없지만, 대신에 다른 거 하나 보여

주지."

"뭐……?"

"동틀 새벽에 날 찾아와라. 재밌는 걸 보여줄 테니까."

카릴은 가볍게 웃었다.

"타투르의 비밀."

두샬라는 이제 그의 미소가 무서울 정도였다.

"좋아. 이로써 어느 정도 일단락된 건가. 정신없는 하루였군. 안 그래?"

"……."

두샬라의 거점을 나와 골목길을 걷던 두 사람. 수안 하자르는 카릴의 뒷모습을 물끄러미 바라봤다.

"두샬라가 제안을 받아들일 거라고 어떻게 확신하셨습니까?"

"딱히 확신한 것은 아냐."

"네?"

"여차하면 죽일 수도 있다고 생각했으니까."

"……."

카릴은 황당해하는 수안의 얼굴을 바라보며 피식 웃었다.

"캄마는 다루기 쉬운 자다. 오래 산 만큼 남은 생을 더 붙잡고 싶은 자라서 말이야. 그는 대세에 큰 영향이 없지. 큰 힘이 움직이는 쪽을 따를 테니까. 하지만 그녀는 달라."

속속들이 들려오는 소식들. 자신의 예상대로 베릴과의 계약뿐만 아니라 처치 곤란이었던 불모지 영토를 값비싼 가격에 처리해 준다는 말에 너도나도 두 팔 벌려 반겼다.

"일이 잘 진행되고 있는 지금도 여전히 머리를 굴리고 있을 걸. 1년에 한 번 암시장이 열리는 날은 유일하게 제국과 공국, 그리고 삼국의 귀족들이 모두 타투르로 오는 날이다. 그게 무엇을 의미하는지 알겠어?"

"글쎄요……."

수안 하자르는 여전히 카릴의 말이 어렵다는 듯 고개를 저었다.

나름 두샬라와의 계약 과정에서 큰일을 해내 자신감이 생긴 듯싶었지만 거침없는 카릴의 모습을 보면 다시 투기장으로 돌아가고 싶은 기분이었다.

그런 그를 바라보며 카릴은 가볍게 웃었다.

"타투르에서 유일하게 암시장을 운영하는 그녀가 주변의 귀족들과 연이 닿아 있다는 뜻이지. 그리고 지금 우리가 하는 일은 그 귀족들에게 완전히 반하는 행동이고. 내 앞에서 웃었다고 그들 앞에서 굳은 표정을 지을 거라곤 생각 안 해."

"……!!"

생각지 못한 일이었다.

"설마……. 그녀가 배신할 수도 있다는 말인가요?"

"당장은 아니겠지. 그들을 통해서 내 뒤를 치는 것이 나을지 말지를 가늠하겠지. 하지만 귀족을 이곳에 들이는 건 그녀로서도 부담스러운 일일 거야. 균형 잡힌 3개의 세력 중 하나가 움직이면 그건 전쟁의 빌미가 되기 딱 좋거든."

"그렇군요……."

"머리를 써야 해. 정보 상인이 되기 위해서는 단순히 발이 빠른 것만으로는 부족하니까."

수안 하자르는 카릴의 말에 고개를 천천히 끄덕였다.

'그런 점에서 두샬라는 쓸 만하지. 상인으로서도 정보상으로서도 말이야.'

문제라면 속을 알 수 없는 그 음흉함이지만.

'그건 그것대로 괜찮아. 결국, 실리에 밝다는 말이니까. 타투르의 존속과 자신의 안위를 생각하면 나를 따르는 것이 최선이라고 생각하겠지.'

그렇기 때문에 자신의 제안에도 수긍한 것일 테고 말이다.

겉으로 보이는 모습은 크게 달라지지 않는다. 여전히 타투르는 자유도시로 남아 있을 것이며 관리자에 의해 관리될 것이다.

"앞으로 해야 할 일이 많다. 이 순간에도 이단섬멸령에 의해 이민족들이 죽어갈 테니까. 너는 그들을 살리고 싶잖아. 안 그래?"

"그들을 데려올 수 있을까요?"

"너 혼자서?"

카릴은 고개를 저었다.

"절대로 무리지. 네가 한 번 배를 몰아봐야 기껏 강을 타고 나를 수 있는 사람의 수는 수십이 고작이니까."

"그럼……."

"소문을 내는 거다. 입에서 입으로 전해지는 이야기들은 비룡보다 빠르고 때로는 도마뱀이 용으로 둔갑하기도 하니까."

카릴은 이 일을 할 수 있는 자는 오직 수안 하자르밖에 없다는 걸 알고 있었다.

"노예왕이라는 이름은 대륙 그 어떤 왕보다도 북부에서 유명하지. 네가 가진 모든 방법을 동원해서 그들 스스로 오게 만드는 거다."

"그들 스스로……."

"대신, 네가 해야 할 일은 그들을 직접 나르는 것이 아니라 그들이 살 수 있는 곳을 준비하는 일일 테지."

카릴의 말에 수안 하자르는 살짝 인상을 찌푸렸다.

"하지만 타투르는 지금도 포화상태에 가깝습니다. 이민족들이 온다 하더라도 받아들일 곳이……."

"공터라면 잔뜩 있잖아?"

"네?"

"포나인 강을 자유롭게 드나들 수 있는 자가 이곳에 너 말고 또 있을까? 어차피 놔둬 봐야 쓸 일도 없을걸."

"아……!!"

수안 하자르는 카릴의 말에 눈을 번뜩였다.

"그래, 무법항."

카릴은 고개를 끄덕였다.

"서두르기 위해서 그냥 뒀지만, 너라면 무법항을 정리하기 충분할 테니까."

"제가요?"

"그럼. 충분하다 못해 너 말고 무법항을 관리할 사람은 타투르에서 없을걸."

되묻는 수안을 바라보며 카릴은 말했다.

"우릴 처음 봤을 때 캄마도 꽤 난처했을 거야. 암시장을 열어야 하나 말아야 하나보다 널 알은체해야 하는지가."

"그게 무슨……."

"나는 너에게 타투르를 주겠다고 했다. 그럼 묻지. 어떻게 해야 이 자유도시를 진짜로 얻을 수 있을까? 나는 4명의 관리자 중의 한 명을 죽였다. 남은 자들을 모두 죽이면 될까?"

"……."

"결국은 또 다른 관리자를 낳는 것밖에 되지 않아. 이곳은 이민족뿐만 아니라 버림받은 제국과 공국인들까지 있으니 말이지. 융합이란 어려운 일이다."

카릴은 천천히 수안의 얼굴을 가리켰다.

"너의 두 눈처럼."

그의 말에 수안의 얼굴이 굳어졌다.

"명분과 목표."

자신의 큰 계획. 그에 가장 어울리는 자가 바로 수안 하자르였다. 이민족과 제국인 둘을 모두 아우를 수 있는 명분을 가진 자였으니까.

'하지만 그걸로는 부족하다.'

팅-

카릴은 큐란의 건물에서 주운 동전을 손가락으로 튕겨 그에게 던졌다.

"강을 건널 때 네 손목에 그려진 문신."

"네?"

"아귀 부족은 그런 문신을 하지 않아."

그는 수안을 바라봤다.

'나 역시 같은 것이 있었거든.'

신탁이 내려지고 카릴이 처음 황궁에 불려갔을 때, 이민족이라는 벽 때문에 모두가 그를 믿지 않았다.

자신의 실력을 증명했어야 했다.

그때 올리번은 귀족들의 앞에서 카릴에게 한 가지 제안을 했다.

"투기장의 챔피언이 된다면 모두가 인정할 것이다."

'지금 생각해 보면 그곳에서 죽기를 바랐던 것일지 모르지만……'

75전 75승.

전무후무한 대기록.

최연소 챔피언으로서 카릴이 얻은 것은 지금 수안 하자르의 손목에 있는 것과 같은 문신이었다.

'승자의 낙인.'

카릴은 천천히 걸음을 옮겼다.

"딱히 속일 생각은 없었지만, 앞으로 네가 해야 할 일이 많을 것이다. 앞으로도 잘 부탁해. 투기장의 챔피언."

"……에?"

수안 하자르는 넋이 나간 표정으로 걸어가는 그의 뒷모습을 바라봤다.

"……."

천천히 동전을 잡은 손을 펼쳤다. 그러고는 아무런 말도 하지 않은 채 물끄러미 그것을 바라봤다.

손바닥 위의 동전은 앞면이었다.

어스름이 내린 밤. 문이 잠긴 투기장 안으로 걸어가는 한 소년.

카릴 맥거빈은 감회가 새로운 듯 무대 위에 올라 어기저기를 두리번거렸다.

'생각해 보니 칼립손 할아범에게 검 한 자루를 더 뜯어낼 걸

그랬나?'

그러고는 여기저기 바닥에 꽂혀 있는 노예병들이 썼던 무기를 뽑아 허공에 그어본다.

부우웅……!!

공기를 가르는 날카로운 소리와 함께 카릴은 바닥에 떨어진 굳은 피들을 바라봤다.

많은 자가 이곳에서 싸우고 죽었을 것이다. 남아 있는 주인 없는 무구들이 그 증거이며 앞으로도 이것들은 더 쌓일 것이다.

"흐음."

카릴은 천천히 고개를 들었다. 그러고는 투기장 위에 서서 자신을 기다리고 있는 한 남자를 바라봤다.

단단한 근육과 양팔에는 무쇠로 된 건틀렛을 차고 다시 한 번 붕대로 감은 모습이 제법 날카로운 기운이 느껴졌다. 얼굴에는 날카로운 뿔 두 개가 돋아나 있었고 바다뱀의 것과 닮은 푸른 비늘로 뒤덮여 있었다.

시 서펀트의 형상.

매서운 눈매는 당장에라도 아가리를 벌려 그의 덜미를 물 것 같았다. 수왕(水王)의 가면을 바라보고 있자니 정말로 포나인 강의 절대자가 경기장에 나타난 것 같은 기분이었다.

"내가 동틀 새벽에 만나자고 했지만 이런 곳에서 만나려고 한 것은 아닌데. 연애편지도 아니고 말이야. 이런 쪽지나 덩그러니 놓고 가다니."

카릴은 나지막한 목소리로 말했다. 그의 손에는 짧게 한 줄의 문장이 적혀 있는 종이가 쥐어져 있었다.

"뭐, 나름대로 네가 내린 결정인가 보군."

그 가면을 쓰고 있는 사람이 누구인지는 고민할 필요가 없는 일이었으니까.

"수안 하자르, 아니지…… 챔피언."

카릴은 살며시 입꼬리를 올리면서 그를 향해 말했다.

순간, 가면 사이로 그의 눈동자가 떨리는 것 같았지만 이내 곧 그의 전신에서 투기가 느껴졌다.

'전생과 현생을 통틀어서 그와 제대로 싸우는 건 이번이 처음인가.'

카릴은 가볍게 몸이 떨렸다.

'라바트 길드의 마스터 시절에도 그의 무투는 유명했지. 노예왕이었다는 건 놀랍지만 그 정도의 실력이라면 투기장의 챔피언이 되지 않은 게 이상할 따름.'

타고난 신체 능력으로 그의 무투는 가히 산과 같았고 그의 육체는 다른 무구를 쓰지 않아도 하나의 무기였다.

권왕이라고 불렸던 발본트. 제국과 공국 그 어디에도 속하지 않은 채 오직 무(武)를 갈고 닦은 인물.

'나중에 밝혀졌지만 어린 시절 수안 하자르는 발본트에게 어깨너머로 몇 가지 태세를 배웠다고 했다.'

아마도, 수행하던 도중 우연히 그를 발견한 것에 불과했겠지만 권왕은 확실히 그의 자질을 알아본 것이 틀림없었다.

다만, 제자를 두지 않는 그의 성격 때문인지 발본트는 수안 하자르에게 모든 것을 전수해 주지 않고 떠났다.

"후읍……."

그가 자세를 잡았다. 오른팔로 얼굴을 가리고 왼팔을 허리에 붙이고서 허리는 앞으로 가볍게 숙인 자세.

생소하지만 카릴에게는 무척이나 익숙한 모습이었다.

발본트 8태세(態勢).

'권왕이 완성한 8태세 중에 그가 배운 건 고작 2개뿐. 그런데도 그는 투기장의 챔피언이 되었다.'

카릴은 상기된 기분을 감출 수 없었다.

'만약에 다시 한번 발본트를 만나게 해 나머지 6태세를 모두 배우게 할 수 있다면…….'

어쩌면 새로운 권왕의 탄생, 아니, 지금의 권왕을 뛰어넘는 권신이 탄생할지도 모르는 일이다.

'그건 내가 해야 할 몫이군.'

제자를 두지 않는 발본트였지만 말년에 수안 하자르를 얻지 못한 것을 후회했으니까.

'발본트, 어디를 유랑하고 있을지는 모르겠지만 나를 위함이기 동시에 권왕 당신을 위한 것이기도 하니까 말이야.'

스르릉-

'하지만 그 이전에.'

파앗-!!

누가 뭐라 할 것도 없이 두 사람의 몸이 서로를 향해 튀어나갔다.

파앙……!! 파앗!!

카릴의 발아래에서 공기가 원형으로 터지자 그의 몸이 순간적으로 가속되며 공중에서 빠르게 회전했다.

카가가가강---!!

아그넬의 검날이 수안의 건틀렛에 박히면서 날카로운 소리와 함께 불꽃이 튀었다.

수안은 팔이 잘릴지도 모르는 위험에도 두렵지 않은 듯 건틀렛으로 카릴의 공격을 연달아 막았다.

'평범한 건틀렛이 아닌가 보군.'

아그넬의 매서운 공격에도 약간의 생채기만 날 뿐, 건틀렛은 원래 모습 그대로였다.

아마도, 그것 역시 암시장의 물건 중 하나일 것이다.

"그거 혹시 뮤르가(家)의 물건인가."

"역시 알아보시네요. 맞습니다. 투기장을 우승하고 받은 물건이죠."

드워프 중에서도 가장 손재주가 뛰어나다고 정평이 나 있는 뮤르가(家). 그 가문을 거치고 나면 쓰레기도 보물이 된다는 명성이 자자했다.

"노움의 것은 아름답지만 드워프의 강철은 더욱 단단하죠."

"대신 그만큼 더 무겁지."

카릴의 말에 수안 하자르는 피식 웃었다. 그에게는 상관없는 일이었으니까.

확실히 수안 하자르의 근력이 아니라면 건틀렛으로 사용하기는커녕 오히려 그 무게를 버티지 못하고 어깨가 빠져 버렸을 것이다.

"좋군."

카릴은 고개를 끄덕였다.

콰득---!!!

"큭!!"

수안 하자르의 몸이 비틀거렸다.

피해를 입지 않을 뿐, 방어만 해서는 결코 이길 수 없다는 걸 알기에 수안 하자르의 얼굴은 점차 굳어지기 시작했다.

'제길!'

옆에서 싸우는 것만 지켜봤지 직접 맞부딪쳐 체감하는 것은 완전히 다른 일이었다.

"후읍…… 후읍……!!"

변화무쌍한 카릴의 공격은 고작 단검의 공격이라 생각할 수 없었다. 날카로운 레이피어 같기도 하면서 때로는 두꺼운 대검처럼 육중하게 압박해 왔다.

'훌륭하군.'

카릴은 자신의 공격을 막는 수안 하자르를 바라보며 속으로 감탄을 내뱉었다. 그 는 만족스럽다는 듯 검을 고쳐 쥐었다.

'연습해 볼 수 있겠어.'

카릴의 표정을 읽은 걸까.

빠득-

수안 하자르는 자신도 모르게 이를 갈았다.

'얕잡아 보이고 있잖아.'

인정하고 싶지 않지만 이미 몸으로 그것을 느끼고 있었다.

'어떻게 이런 일이 가능하지? 걸음마 때부터 검을 쥐었다고 해봐야 고작 10년. 그는 천재인가?'

비상식적인 강함. 그렇게밖에 생각이 되지 않는다.

물론 전생의 기억을 떠나서 카릴이 검에 천부적인 재능을 갖고 있다는 것은 사실이지만.

카릴의 입꼬리가 올라갔다. 지금까지 제대로 된 상대를 만나지 못해 쓸 수 없었던 힘을 마음껏 써볼 수 있는 기회였다.

"후우……."

순간, 수안 하자르는 믿을 수 없다는 듯 눈을 동그랗게 떴다.

카릴의 검날에서 뿜어져 나오는 예기(銳氣). 강렬한 마력이 느껴졌다.

"마나 블레이드……?"

하지만 단검을 감싸고 있는 마력의 색깔에 수안 하자르는 이내 고개를 저었다.

'아냐, 뭔가 다르다. 저건…….'

그의 얼굴이 굳어졌다.

'……뭐라고 해야지?'

차자자작……!!

창! 차자장---!!!

그때, 지금까지와는 완전히 다른 카릴의 공격이 들어왔다.

기교도 예리함도 없이 오직 패도만으로 압박하는 검격(劍擊)
의 소리.

"으, 으악!!!"

수안 하자르는 본능적으로 두 팔을 들어 그의 검을 막았다.

콰아아아아아아앙---!!

강렬한 굉음과 함께 수안 하자르의 몸이 튕겨 나갔다.

몇 바퀴나 바닥을 구르고서도 그 힘을 이기지 못한 거구의 몸
은 그대로 투기장 벽면에 부딪히고 나서야 겨우 멈출 수 있었다.

"헉…… 허억…… 헉……"

그는 넋이 나간 얼굴로 카릴을 바라봤다.

저적…….

저저적…….

뭔가 갈라지는 소리가 들렸다.

쿵…….

쿠드득…….

동시에 뭔가 바닥으로 떨어지는 소리가 들렸다. 그건 다름
아닌 수안의 두 팔을 감싸고 있던 건틀렛이 산산조각이 나는

소리였다.

자신의 무구가 부서지는 상황에서도 그의 눈은 여전히 카릴을 향해 있었다. 건틀렛이 조각난 것보다 조금 전 카릴의 일격이 더 놀라웠기 때문이었다.

"바, 방금 그건 뭡니까."

그의 물음에도 카릴은 뭔가 만족스럽지 못한 듯 씁쓸하게 웃었다.

'위험했다. 마력을 집중하면 아직 세세한 컨트롤이 안되는군. 수안의 건틀렛만 베려고 했었는데……. 자칫 잘못했으면 그의 팔까지 잘릴 뻔했으니.'

카릴이 주저앉은 수안에게 천천히 걸어왔다.

"……강하군요."

"납득이 될 만한 결과인가."

그의 질문에 수안은 어쩐지 홀가분한 표정으로 고개를 끄덕였다.

전심전력으로 부딪히고 완벽하게 깨졌다. 그렇지 않고서는 저런 표정이 나올 수 없었다.

"넌 더 강해질 수 있다. 아니, 강해져야지. 너는 네가 생각하는 것 이상으로 많은 걸 해야 하니까."

"……."

카릴은 투기장의 무대에 걸터앉아서 말했다.

"꽤 고민을 했겠어. 내가 얘기했던 말 때문에. 온전한 컨디

선이었다면 더 좋았을 텐데."

"……."

수안 하자르는 카릴의 말에 쓴웃음을 지었다.

"권세를 얻기 위해서 가장 필요한 것이 거점. 그리고 그 거점을 굳건히 하기 위해서는 무엇보다 민심을 잡아야 한다."

카릴은 바닥에 떨어진 수왕의 가면을 집어 들고는 얼굴을 가리며 말했다.

"성난 그들을 잠재울 명분(名分)."

가면 속에서 그의 눈동자가 빛나자 수안 하자르는 자신도 모르게 서늘한 기운을 느꼈다.

"관리자 하나의 목숨으론 타투르에 살고 있는 다른 자들의 납득을 얻기 힘들었을 거다."

나머지 관리자인 두샬라와 캄마는 전면으로 모습을 드러내 진 않을 것이다.

'특히, 두샬라. 그녀는 내게 힘을 보태준다 하더라도 대외적 인 이미지 때문에 힘들지.'

그리고 그걸 수안 하자르는 알아차렸다.

"하지만 둘이라면 다르지. 그것도 자유도시에 무를 상징하는 무법항의 금사자와 경기장의 챔피언이 모두 한 사람에게 졌다. 그 소문은 두샬라와 캄마에 의해 빠르게 퍼질 테고 말이야."

카릴은 무릎을 꿇고 있는 수안 하자르의 어깨를 가볍게 두 들기며 말했다.

"자연스럽게 새로운 주인을 맞이하겠지."

수안 하자르는 그런 무대를 만들기 위해 일부러 카릴에게 도전을 한 것이다. 아니, 형식상으로 카릴이 챔피언에게 도전을 한 것이지만 어차피 결과는 예상하고 있었다.

"난 이곳에서 충성스러운 백성 같은 건 바라지도 않으니까. 여긴 지금처럼 대륙 누구도 손댈 수 없을 저력을 가지고 있기만 하면 돼."

그러고는 천천히 가면을 썼다.

"언제든 제멋대로 날뛸 수 있다는 우려. 그것만으로도 제국을 견제하기 충분하지."

카릴은 가면을 벗으며 수안을 향해 말했다.

"그 고삐를 쥐어야 할 사람이 바로 너다."

색이 다른 그의 두 눈동자가 보였다.

"제국인의 피와 이민족의 피가 함께 흐르는 너야말로 그에 맞는 적임자니까."

"……."

수안 하자르는 짐짓 할 말을 잃은 듯 카릴을 바라봤다.

쿵……. 쿠쿵…….

떨리는 심장 소리. 처음이다. 지금껏 단 한 번도 저주받은 자신의 피가 쓸모 있을 것이라고 생각해 본 적 없었다.

그저 지우고 싶은 태생. 그리고 반대로 섞인 제국인의 핏줄에 대한 투쟁으로 이민족들을 타투르로 도망치게 했었다.

'태생을 초월한 나라.'

허무맹랑한 소리라고만 생각했던 그 이야기가 정말 현실이 될 수 있지 않을까 하는 생각이 들었다.

"흠."

격렬한 전투 끝에 카릴은 벽 너머로 떠오르는 어스름을 바라봤다.

"딱 시간이 되었군."

그러고는 주저앉아 있는 수안 하자르를 향해 말했다.

"내가 타투르의 비밀을 알려주겠다고 했지?"

"……네?"

"보면 좋아할 거다."

카릴은 의미심장한 눈빛으로 말했다.

►Chapter 3◄

"모두 모였군."

"얼굴이 왜 저 모양이지?"

두샬라는 카릴의 뒤에 엉망이 된 얼굴로 서 있는 수안 하자르를 바라보며 물었다.

"별일 아냐."

"별일 아니긴. 딱 봐도 한판 했네. 저 꼬마의 편이라고 생각했는데 그게 아니었나 봐?"

"말조심해. 이제 타투르의 주인이시다. 마스터라고 불러."

수안 하자르의 단호한 목소리에 두샬라는 의외라는 표정으로 말했다.

"나 참……."

"입에 붙지 않으면 편하게 얘기해도 좋아."

카릴은 변한 수안의 태도가 마음에 드는지 흐뭇한 표정을 지으면서도 아무렇지 않다는 듯 말했다.

"지금부터 내가 너희가 모르는 타투르의 비밀에 대해서 알려주겠다. 이곳의 주인이 되었으나 나는 관리자였던 너희들의 직무를 결코 가볍게 보지 않는다. 게다가 이 비밀이 나에 대한 충성을 좀 더 두텁게 만들 것이라 생각하니까."

이야기를 들을수록 더 의문이 갔다.

도대체 자신들도 모르는 타투르의 비밀이 뭘까. 그리고 이곳에 처음 온 꼬마가 그걸 어찌 알고 있는 것일까.

두 사람은 호기심 반 두려움 반의 표정으로 카릴을 바라봤다.

"자, 잠깐!!"

그때, 저 멀리서 허둥지둥 달려오는 한 사람이 있었다.

"캄마?"

"아 씨, 다들 너무한 거 아니오? 왜 자꾸 나만 빼. 나도 이곳의 관리자인데!"

긴 로브의 자락이 흙탕물로 더러워지는 것도 몰랐는지 캄마가 세 사람에게 숨을 헐떡이며 소리쳤다.

"하여간 여긴 또 어떻게 안 거야?"

"길거리에 사람들을 싹 배치해 놨지. 너희가 또 나 몰래 뭐 하나 해서."

"별 쓸데없는 짓은……."

"쓸데없다니. 지금도 봐. 응? 이 새벽에 마스터랑 함께 있는 것만으로도 의미는 충분하다고!"

캄마는 그렇게 말하며 카릴을 향해 히죽거렸다.

"호칭이 입에 착 달라붙는 것 같습니다, 마스터."

"미친……"

두샬라는 어이없다는 듯 캄마를 향해 콧방귀를 뀌었지만, 덕분에 무거웠던 분위기가 조금은 풀어지는 것 같았다.

"잘 왔어. 사실 말 안 해도 알아서 올 거라고 생각했거든."

"하, 하하……. 그렇습니까?"

"빈민가의 캄마가 정보력 하나는 끝내주니까."

"어이쿠, 과찬이십니다."

캄마는 그의 말에 다시 한번 허리를 숙이며 연신 고개를 끄덕였다.

"가지."

"타투르가 지어진 게 언젠지 알아?"

"글쎄요……"

"인공섬이라는 건 들었지만 자세한 건 저희도 모르겠네요. 주위를 흐르는 포나인 강물이 워낙 세서 버려진 땅이니까요."

두샬라는 카릴의 뒤를 따라 걸으며 말했다.

"역사서에도 제대로 나와 있지 않으니까요. 하긴 나와 있어도 별로 관심도 없겠지만."

그녀의 말에 수안과 캄마는 고개를 끄덕였다. 애초에 하루 하루를 살아남는 것으로도 바쁜 그들에게 여유롭게 책을 보는 건 사치일 뿐이었다.

"제국이 건국된 건 약 250여 년 전. 대마도사라고 불리는 카이에 에시르와 태제(太帝)라 불리는 팔슨 슈테안은 엄청난 힘으로 크고 작은 영지들을 순식간에 정리했지."

끄덕-

세 사람은 카릴의 말에 고개를 끄덕였다.

"하지만 이곳 타투르는 그보다 훨씬 더 오래전. 1천 년 전인 마도 시대라 불리는 때에 만들어진 곳이야."

털컥-

끼이이익……;

낡은 문이 열리는 소리가 들렸다. 캄마는 이렇게 며칠 사이에 또다시 암시장의 문을 열 것이라고는 생각하지 못했다는 듯 살짝 입맛을 다셨다.

"마도 시대의 건물은 미로처럼 복잡하기로 유명하지. 너희들이 암시장으로 쓰는 이곳도 그중 하나고."

"하지만 여긴 모두 조사가 끝났습니다. 각각의 시설은 이미 그 주인들이 있고요."

"맞아."

카릴은 암시장을 통하는 문을 통과하며 걸음을 옮겼다.

"여긴 복잡하긴 하지만 지도가 있다면 길을 잃을 정도는 아냐. 이 정도가 타투르의 비밀이라고 하면 곤란하지."

그는 고개를 돌려 두샬라를 바라봤다.

"흠. 여기군."

암시장을 들어온 지 얼마 되지 않았을 때 카릴은 벽을 쓱 만졌다. 방으로 나뉜 암시장으로 가려면 아직 한참을 더 가야 했다.

지하로 내려가는 외길 중간쯤. 아무것도 없는 그곳에서 신중한 카릴의 모습을 보며 캄마는 말을 더듬었다.

"벽…… 이네요?"

"맞아."

"자, 잠시만요. 설마 저걸 부수거나 하려는 건 아니시죠? 그랬다가는 천장이 무너지고 말 겁니다."

캄마는 깜깜한 어둠이 싫은 듯 수안의 옆에 찰싹 달라붙어서는 말했다.

"설마 고대인들이 그런 식으로 건물을 만들었을 리가 없잖아."

두샬라는 그런 캄마를 못마땅하게 바라보며 고개를 저었다.

"마도 시대에 이곳은 드워프들이 만든 요새였다더군. 그래서 몇 개의 특이한 기능이 있지."

서컹-

카릴이 건틀렛에 힘을 주자 그의 손등에서 날카로운 날이 튀어나왔다.

"이 작은 틈에 날을 집어넣고 돌리면……."

까드드득……:

날이 부러질 것 같이 기괴한 소리를 냈다.

보는 사람들은 그 모습을 위태롭게 바라보았지만 카릴은 오히려 아무렇지 않게 있는 힘껏 건틀렛의 날을 그었다.

쿵-!! 철컥-!!

촤르르륵……!!

그 순간, 틈 사이가 벌어지더니 건틀렛의 날이 기계음을 내면서 돌아갔다. 그와 함께 단단하게 보였던 벽이 서서히 움직이기 시작했다.

"비밀 장소가 나타나지."

"어떻게……."

두샬라는 믿을 수 없다는 듯 중얼거렸다.

타투르에 터를 잡고 난 이후, 모든 곳을 샅샅이 뒤졌다고 생각했던 그녀도 모르는 비밀 장소였다.

"마법 감지 같은 거로는 나오지 않아. 게다가 드워프나 노움의 것처럼 단단하면서도 유연한 강도의 물건이 아니면 안 돼. 게다가 실패하면 다시는 열지 못하니 비밀을 알고 있는 자가 아니면 절대로 찾을 수 없는 곳이지."

그는 옅은 미소를 지으며 말했다.

'나르 디 마우그, 언젠가 깨어나면 고맙다고 말해야겠군. 당신이 알려준 지식을 마음껏 써주겠어.'

촤아아아악---!!

거대한 벽이 열리자 지하라는 것이 믿기 어려울 정도로 엄청나게 넓은 공동(空洞)이 나타났다.

천 년이란 세월이 지났다고 생각되지 않을 정도로 깨끗한 철근들이 마치 공장처럼 여기저기 복잡하게 세워져 있었다.

그중, 사람들의 시선을 빼앗는 것이 있었다.

"저건……."

수안 하자르는 떨리는 목소리로 말했다.

"배잖아요?"

"맞아. 하지만 인간이 만든 건 아니지."

카릴은 마치 봉인이 되어 있는 것처럼 두꺼운 쇠사슬로 묶여 있는 전함을 바라보며 말했다.

"교도 용병단의 비공정과 같은 녀석이야. 아쉽게도 날지는 못하지만. 포나인의 강물 위에서 이놈과 대적할 수 있는 배는 없을걸."

잘 알고 있는 물건을 얘기하는 것처럼, 추억에 잠긴 듯한 목소리로 말했다.

"마도 시대의 위대한 대장장이인 드워프 푸르발 뮤르의 작품이지. 아마 대륙에 남아 있는 그의 작품은 비공정과 이것 두 개뿐일 거야."

카릴은 범선의 앞에 장식되어 있는 선수상을 가리키며 말했다.

"봐라, 저게 뮤르가의 상징이다."

마치 당장에라도 움직일 것 같은 생동감 넘치는 거대한 골렘이 범선의 선두에 무릎을 꿇고 있었다.

'타투르가…… 요새였다니.'

두샬라는 생각지 못한 사실에 가볍게 어깨를 떨었다.

'제국과 삼국 그리고 공국에까지 인접해 있는 이곳이 전투마저 용이하다면…….'

어쩌면 대륙의 수많은 왕국 사이에서 가장 위협적인 장소가 될 수 있을지 모른다는 생각이 들었기 때문이다.

"설마…… 이게 마도 시대의 물건이란 말인가요?"

"그래."

두샬라는 넋을 잃은 듯 배를 바라봤다.

'타투르 밑에 이런 게 있을 줄 누가 알았겠어? 게다가 마도 시대의 물건이니……. 값을 매길 수도 없는 물건이잖아. 어떻게 이런 걸 알고 있는 거지?'

그녀는 오랜 세월 터를 잡고 살았던 자신도 모르는 비밀을 카릴이 알고 있다는 것에 놀라움을 감출 수가 없었다.

"그런데 이거…… 움직이긴 하는 건가요?"

의문의 의문이 꼬리를 물고 있는 두샬라와 달리 새하얀 먼지가 잔뜩 끼어 있는 전함의 모습을 보며 수안은 어쩐지 설레는 얼굴로 말했다.

"당연히 움직이지."

철컥-

카릴은 아무렇지 않게 쇠사슬을 잘라냈다.

'네가 몰았던 배인데.'

그는 수안의 질문에 웃으며 속으로 생각했다.

대륙에서 가장 뛰어난 항해사. 제도왕(諸島王)이라 불리며 대륙 서쪽 해협에 있는 크고 작은 섬들을 통치했던 넬슨 하워드.

수안 하자르가 '넬슨 하워드의 재림'이라고 불리게 된 이유가 바로 이 배 때문이었다.

'이 배가 제국의 두 다리가 되어줄 것이다.'

카릴은 전생의 그가 이 배를 이끌고 대륙 전역을 휘젓고 다녔던 것을 지금도 기억한다.

"마도범선(魔道帆船)."

쿠그그그그……!!

콰가강……!!

단단한 쇠사슬이 무게를 이기지 못하고 바닥으로 요란하게 떨어졌다.

그러자 지하에 있는 홀이 지진이 난 것처럼 흔들렸다. 천장에서 떨어지는 흙가루들이 머리 위로 쏟아졌다.

"자, 잠깐. 마도 시대의 물건을 그렇게 함부로……."

지금보다 약 1천 년 전. 엘프와 드워프 그리고 각종 유사 인종들이 살아가던 시대엔 지금보다 마법이 훨씬 더 왕성했다.

현존하는 마법들은 모두 그 당시 태초의 마법사들이라고 불리는 7인의 원로회로부터 정립된 것들이었다.

하지만 그나마 남아 있는 마법들 중에도 쓰지 못하는 것들이 많았다.

'그렇기 때문에 마도 시대의 물건들이 더더욱 값이 나가지. 황궁의 창고에 있는 유물들이 그렇듯.'

이따금 오래된 유적이나 던전에서 마도 시대의 물건들이 발견되는 경우가 있었다. 사람들에게 있어서 마도 시대는 마치 꿈과 같은 시대의 이야기이기 때문에 조심스러울 수밖에 없었다.

하지만 카릴은 다르게 생각했다.

'값이 나간다고 창고에 박아놓으면 의미가 없지. 마도 시대의 물건은 눈으로 보는 장식품이 아니고 모두 지금 시대의 물건보다 훨씬 더 성능이 좋은 물건이니까.'

제국을 비롯해 공국과 삼국의 왕가에는 마도 시대의 물건들이 있었다.

청린이라고 불리는 특수한 광물로 만들어진 유물들 중에서도 가장 대표적인 것은 황궁 보고에 있는 바람의 힘이 담긴 지팡이, 무한의 숨결(Infinite breath)이었다.

'답답한 노릇이지. 아무리 좋은 무구라도 정작 쓰지 않고 있는데. 궁정마법사인 카딘 루에르만이 그걸 쓸 수 있는 실력을 갖고 있지만 황제는 무한의 숨결을 든 재상이 두려워 그걸 꼭꼭 숨겨놓았으니까.'

카릴은 씁쓸한 웃음을 지었다.

'나는 다를 것이다. 쓸 수 있는 것은 모두 쓰고 할 수 있는 것은 모두 한다.'

두려워하지 않아도 될 위치에 있으면 그만이니까.

검과 마법 그리고 그 이외의 어떤 힘보다도 더 우위에 있으면 되는 일이다.

"제국의 귀족들도 아우르는 천하의 두샬라가 이런 거로 겁을 먹으면 쓰겠나."

"아니, 누…… 누가."

두샬라는 그렇게 말하면서도 슬며시 수안의 뒤로 한 걸음 물러나 있었다.

"움직이긴 하겠지만 지금 당장 쓸 수는 없어. 일단은 암시장에 있는 드워프들을 불러서 이걸 수리해."

"그들이 이걸 봐도 괜찮을까?"

"별다른 방법은 없다. 애초에 뮤르가의 물건은 오직 드워프만이 알 수 있는 특수한 방식으로 제작되어 있으니까."

카릴은 가볍게 어깨를 으쓱했다.

"입단속은 당신이 잘하는 일이잖아. 그리고 5-UK-37 구역에 있는 드워프를 관리자로 임명해. 그럼 잡음이 없을 거야. 뮤르가의 일족은 아니지만 오랫동안 왕가를 모셨던 자니까."

"그…… 그러지."

두샬라는 아무렇지 않게 말하는 그를 바라봤다.

'이 지하시설도 그렇고 암시장은 타투르에서도 비밀스러운 곳인데 그걸 구역까지 알고 있다고? 진짜 뭐야?'

"뮤르가의 유산이라고 하면 그자가 알아서 말이 새어나가지 않도록 잘할 거야."

"저……. 안에 들어가 봐도 괜찮을까요?"

그녀의 마음을 아는지 모르는지 수안 하자르는 눈을 반짝이면서 물었다.

"물론. 하지만 수리가 끝나고 나서 내 지시가 있을 때까진 꺼내는 일이 없도록 명심해. 자칫 잘못하면 제국의 타깃이 되기 충분하니까."

"알겠습니다."

카릴은 배의 옆면을 가볍게 두들기며 말했다.

"궁금하지 않아? 이 범선이 세상에 나왔을 때 대륙에 있는 녀석들의 표정이 어떨지."

"뭐, 재밌겠네."

두샬라는 아무렇지 않은 척 말했지만, 자꾸만 웃음이 날 것 같은 입술이 베일에 감춰져 있어서 다행이라고 생각했다. 솔직한 심정으론 방방 뛰면서 환호라도 지르고 싶은 마음이었다.

항상 잘난 척하는 귀족들과 이용할 대로 이용하면서도 자신들을 벌레 보듯하는 녀석들에게 제대로 한 방 먹일 수 있는 기회였으니까.

그런 그녀의 마음을 알고 있다는 듯 카릴은 담담한 목소리로 그녀에게 말했다.

"기대해. 이건 시작에 불과하니까."

일은 빠르게 처리되었다.

수안 하자르가 무법항을 정리하는 동안, 카릴은 타투르를 떠나기 전에 두샬라에게 몇 가지 언질을 해두었다.

"왕국에서도 잊힌 존재인 베릴 남작의 환심을 사는 거야 별로 어려운 일도 아닐 거다. 암시장에 있는 몇 개의 속성석을 가지고 그를 찾아가."

"하급이라 하더라도 속성석 하나의 가격이 얼마인지는 당신도 알 텐데. 그걸 그냥 주라고?"

"투자라고 생각해. 암시장에 있는 거라고 해봐야 3각석 정도뿐이잖아. 나중에 그런 건 발에 치일 정도로 얻을 수 있을 거다."

"……"

"그리고 금화도 조금 쥐여줘, 옛 금화를 가져가면 이상하게 생각할 수 있을 테니, 그건 알아서 바꾸도록 하고."

두샬라는 책상 위에 놓인 묵직한 주머니를 바라봤다. 그가 보여준 금화라면 그깟 버려진 땅을 사는 것 정도는 어려운 일이 아니었다.

"그냥 돈을 주고 사면 되는 일 아냐?"

흥청망청 세월을 보내며 그나마 있던 재산마저 탕진해 가는 노마법사와 거래를 하기 위해 이 정도까지 공을 들일 필요가 있을까 하는 의문이 들었다.

그녀의 물음에 카릴은 가볍게 웃었다.

"나중을 위해서. 지금은 늙었지만, 옛날엔 천재 소리까지 들었던 유망주야. 썩어도 준치라고 귀족들에겐 잊혔어도 마법사들에겐 다르거든."

카릴이 그리는 그림 속에 노마법사의 존재는 외외로 컸다.

"일단 내가 시키는 대로 해."

베일로 얼굴을 가린 두샬라는 말한 대로 베릴 남작의 마력 속성인 풍(風)속 3각 청요석(靑曜石)을 천천히 앞으로 밀었다.

"허허…… 원하는 게 뭐지?"

반짝이는 눈빛.

노마법사는 눈앞에 있는 금화를 바라보다 청요석을 본 순간 더 이상 귀족의 지조 따윈 없다는 듯 군침을 삼켰다.

"뵙게 되어 영광입니다. 저희는 라바트 길드라 하옵니다. 남작님과 우호 관계가 되고자 이렇게 인사차 왔습니다."

"하하하하. 나와?"

노마법사는 두샬라의 말에 어이가 없다는 듯 웃었다.

"장사치가 이렇게 눈이 어두워서 쓰나. 퇴물인 나와 좋은 관계를 유지해서 뭐하려고?"

"퇴물이라니요. 말씀이 지나치십니다. 저희 마스터께서는 삼국의 마법사 중 베릴 남작이 으뜸이라 하셨습니다."

그렇게 말을 하면서도 그녀는 속이 뒤집히는 기분이었다. 여색을 밝혀 수련의 시기를 놓친 마법사가 달갑게 보일 리가 없었으니까.

"그만큼 관록이 쌓이신 것뿐입니다. 그리고 저희 마스터께서는 베릴 남작님을 지지하십니다. 멜브런 전투부터 공국 방어전까지…… 이스탄 왕국이 지금까지 존속할 수 있었던 건 모두 남작님의 덕분이라 하셨습니다."

"클클……. 자네 마스터가 누군지는 모르지만 보는 눈은 있군. 그럼, 내가 그 전투를 승리로 이끌지 못했더라면 왕국은 날아갔을 테야."

"지당하십니다."

그녀는 천천히 고개를 숙였다.

"이건 신뢰의 증표입니다. 부디 부담 없이 쓰시기 바랍니다. 그뿐만 아니라 저희와 계약을 하신다면 더 많은 속성석을 제공해 드릴 수 있습니다."

그러고는 차분하게 말했다.

"어떠십니까. 저희와 함께 재기를 꿈꿔보지 않으시겠습니까?"

속성석 하나만 하더라도 어마어마한 가격.

그걸 더 준다고? 이건 왕국이 아닌 제국의 마법사들조차 누려보지 못할 일일 것이다.

그 순간, 베릴 남작의 눈빛이 흔들렸다. 두샬라는 지금껏 많은 귀족을 상대했었다. 암시장을 찾아온 자들 중 열에 아홉이 저런 눈을 했을 때 물건을 산다.

"크흠……. 이것 참. 뭘 이런 걸 다."

스르륵-

욕심 많은 남작의 쭈글쭈글한 손이 청요석을 움켜잡았다.

'지금쯤이면 끝났겠군.'

애초에 카릴은 베릴 남작과의 거래가 실패할 가능성은 생각하지 않았다.

'마광산의 채광을 시작하려면 베릴 남작의 영토뿐만 아니라 그 주위에 있는 다섯 귀족의 눈도 속여야 한다.'

그러나 그들은 큰 문제가 되지 않는다.

'그들은 모두 베릴의 제자들. 못난 스승을 둔 덕분에 오히려 그 이름을 지우고 싶겠지만 어쨌든 그의 말을 거역할 순 없을 터. 나머지는 베릴 남작이 알아서 할 거다.'

하지만 마광산을 운영하기 위해서는 단순히 땅을 구하는 것만으로는 안 된다.

그러기 위해 곧, 자신은 이곳을 떠난다. 하지만 그러기 전에 마무리를 지어야 할 일이 하나 더 있었다.

'이제 슬슬 녀석이 움직일 텐데.'

여관의 홀엔 카릴 혼자였다. 그녀의 언질이 있었던 것인지 아니면 소문이 퍼진 것인지 그 많던 사람이 모두 사라지니 괜스레 스산한 기분이었다.

'뭐, 조용하니 좋긴 하지만.'

자신의 육체를 단련시키고 마법을 익혀야 할 시간도 부족한 그가 이렇게 한가로운 것이 이상하게 보일 수 있겠지만, 그는 지금 이 순간이 무엇보다 중요했다.

'에이단 하밀.'

제2황자인 올리번의 수하.

조금은 의외였다. 자신과 함께할 것이라고 생각했는데 오히려 자취를 감추었으니 말이다.

'무슨 생각일까.'

끼이이익…….

그 순간, 조용한 여관의 문이 열렸다.

'호랑이도 제 말 하면 온다더니.'

카릴은 문을 열고 들어온 사람을 바라보며 가볍게 웃었다.

"그래, 여동생을 찾았나 보군."

말과 생각이 달랐지만 카릴은 너무나도 자연스럽게 말했다.

"네, 이게 다 카릴 님 덕분입니다. 인사드려, 항구에서 날 구해주신 분이야."

에이단을 바라보며 카릴은 천천히 고개를 끄덕였다.

"다행이군. 별일이 없어서."

카릴은 그의 옆에 고개를 숙이고 있는 소녀를 바라봤다.

주크 디 홀드. 푸른색의 머리카락은 그가 기억하는 쇼트커트가 아니라 더욱 앳되어 보였다.

'하지만 저 얼굴에 속으면 안 되지.'

처음 에이단 하밀이 여동생이라고 얘기했을 때부터 웃음이 나는 걸 간신히 참았다.

'저렇게 보여도 나보다 열 살은 더 많을 테니까.'

신체변형술.

얼굴의 근육은 물론이거니와 온몸의 관절을 늘였다가 줄일 수 있는 술법. 제국인과 이민족의 구분을 떠나 특수한 체질만 익힐 수 있었다.

그녀의 얼굴은 이 능력 덕분에 때와 장소에 따라 시시각각으로 변했다.

'실제로 그녀의 진짜 얼굴을 본 적은 나도 없으니까.'

지금의 이 얼굴이 다음에는 또 어떻게 바뀔지 모르는 일이었다.

"가, 감사드려요!"

앳된 목소리. 그녀의 정체를 알고 있는 카릴로서는 그저 웃음이 날 뿐이었다.

"이게 모두 카릴 님께서 신경 써주신 덕분입니다."

"앞으로 어떻게 할 생각이지?"

"저희야 갈 곳이 없으니…… 그냥 이곳에서 머무를 생각입니다. 금사자도 없어졌고……. 타투르엔 온통 카릴 님 얘기뿐입니다."

"그래?"

주크의 말에 카릴은 담담한 표정으로 고개를 끄덕였다.

'아직 내 움직임에 관심을 가질 사람은 없다. 하지만 이제 곧 타투르의 일이 녀석의 귀에 보고되겠지.'

아니, 이미 했을지도 모른다. 제2황자, 올리번 슈테안에게.

카릴은 두 사람을 바라봤다.

양지와 음지에서 올리번 슈테안을 지지했던 수족. 앞으로도 그를 위해 많은 일들을 할 것이다.특히, 주크 디 홀드는 역사 속에 이름조차 남기지 않고 어둠 속에만 존재하며 수많은 귀족을 살해했었다.

분명, 카릴은 이 둘이 자신의 앞길에 방해가 될 인물이라는 걸 알았다. 그런 그 둘이, 지금 자신의 앞에 있다.

카릴은 둘을 바라보며 낮은 한숨을 내쉬었다. 지금까지와는 다른 고민이 들었다.

'여기서 죽일까.'

"……!!"

순간, 그의 살기를 느꼈던 것인지 두 사람은 본능적으로 고개를 들어 그를 바라봤다.

"아니다."

"네?"

카릴의 나지막한 목소리에 에이단 하밀은 굳은 얼굴로 물었지만, 대답 대신 그는 옅은 미소를 지었다.

'뭐야……. 젠장.'

하지만 그 웃음의 의미를 오히려 추측할 수 없어 에이단으로서는 헷갈릴 뿐이었다.

'회유를 할 수 있으면 좋다. 솔직히 죽이기엔 아까운 재능이니까. 올리번을 위해 싸우긴 했지만, 확실히 신탁이 내려지고 난 다음엔 많은 사람을 구한 것도 사실이니까.'

단지, 그들의 업적이 신탁이 내려진 뒤에 이뤄진 것이 문제긴 하였지만.

그 이전까지, 올리번을 황제로 옹립하기 위해서 어쩌면 그들이 구한 사람의 수만큼, 아니, 어쩌면 그보다 많은 자를 죽였을지도 모른다.

'조금 더 지켜봐도 좋겠지. 그 사건이 일어나기 전까지 저 둘의 방향성은 정해지지 않았으니까.'

카릴은 냉정하게 판단했다. 능력이 있다고 해서 모든 사람이 자신의 뜻과 함께할 거라고는 생각하지 않는다.

'버릴 것은 버리고 얻을 수 있는 것만 취한다.'

그렇게 해서 얻은 자들로도 전생(前生)의 자신은 패배하지 않았던가.

"원한다면 거처를 마련해 주마. 갈 곳이 없다면 여동생과 함께 이곳에서 살면서 이곳이 변하는 모습을 지켜보는 것도 나쁘지 않겠지."

'올리번조차 하지 못했던 일이니까.'

그는 남아 있는 이민족들의 유일한 피신처로 타투르를 제공했지만 자신은 다르다.

'당당하게 이민족이 살 수 있는 곳으로.'

어쩌면 오기일지 모른다.

저 둘이 자신이 이루는 일들을 보게 하는 것은 더 이상 올리번의 굴레 안에서 허우적거리지 않겠다는 카릴의 의지이기도 했다.

"아니면 나를 따라와도 좋다."

"……네?"

미끼였다. 회귀 전의 에이단 하밀은 타투르와 관련된 인물이지만 제대로 빛을 발하는 건 앞으로 수년 뒤였다.

그 말은 곧, 에이단 하밀이 올리번과 연관되어 있지만 완벽한 신뢰 관계는 아닐 수도 있다는 말. 카릴은 수안 하자르의 미래를 앞당겼듯이 그의 미래 역시 그렇게 할 수 있으리란 생각을 했다.

하지만 수안과는 달리 그를 자신의 옆에 두는 것은 어쩌면 좋지 않은 결과를 만들지도 모른다.

'내가 생각하는 건 그의 재능.'

이렇게 보니 갑자기 크웰이 생각나 카릴은 자신도 모르게 쓴웃음을 지었다.

"무법항에서의 재치도 그렇고 난 자네가 제법 쓸 만한 인재라고 생각하거든. 처음에 입었던 상처, 스스로 만든 거지?"

"……."

물론, 자세한 이야기는 피했다. 어느 정도는 속아주어야 눈치 빠른 둘의 의심을 피할 수 있을 테니까.

"아, 아닙니다. 제가 무슨 도움이 되겠습니까……?"

"그래?"

하지만 에이단 하밀은 쉽사리 카릴이 뿌린 미끼를 물지 않았다.

이미 올리번에게 자신의 존재가 보고되었을 것이다. 자신에 대해서 더욱 조사하고 싶은 마음이 들 텐데도 불구하고 에이단 하밀은 조심스러웠다.

'어쩌면 당연한 행동일지 모른다.'

서로의 입장을 숨긴 상황. 표면적으로 에이단 하밀은 그저 여동생을 찾기 위해 이곳에 온 평범한 남자에 불과하니까.

"아쉽군. 유능한 인재는 언제든 환영인데 말이야. 타투르에서 얻은 인연이 쭉 갈 수 있을지도 모른다고 생각했는데 어쩔 수 없지."

카릴은 단번에 그의 대답을 받아들였다. 거절한 사안에 대해서 질질 끈다면 오히려 자신이 의심받을 수 있다.

"게다가 꽤 재밌는 곳에 갈 생각이거든."

그러고는 지나가는 투로 낮은 목소리로 말했다.

"교도 용병단."

"예?"

그 순간, 에이단 하밀의 눈빛이 살짝 흔들리는 것을 카릴은 놓치지 않았다.

아무 말 하지 않고 있지만 그의 옆에 서 있는 주크 디 홀드는 이 실책에 대해 그를 두고두고 괴롭힐 것이다.

"왜? 용병단에 흥미가 있나 보지?"

"아, 아닙니다."

교도 용병단은 대륙 최강의 용병단이다. 그 이름이 거론되자 에이단은 황급히 표정을 고치며 말했다.

"작은 사업을 하나 시작하려고 해서 말이야. 경비가 좀 필요하거든."

'뭐……? 교도 용병단을 경비병으로 쓰겠다고?'

에이단 하밀은 카릴의 말에 어처구니가 없었다. 평범한 사람이라면 상상도 할 수 없는 말을 아무렇지 않게 내뱉고 있었으니까.

'어디에 있는지도 모를 그들을 찾는다니.'

교도 용병단.

그들은 일정한 거점 없이 유랑한다고 알려져 있으며 위험 여부를 떠나 각종 의뢰를 도맡는다. 위험한 일일수록 오히려 더 환영하는 기이한 성질을 가진 그들은 그만큼 자신의 실력에 자신이 있는 집단이었다.

'신탁이 내려지고 난 뒤에 만약 그들이 없었다면 제국조차 위험했을 거다.'

비록, 용병단을 이끄는 단장인 고든이 신탁이 있기 전에 지병으로 죽는 바람에 그 위세가 약해지긴 했지만 그런데도 그들의 활약은 대단했다.

'하지만 그건 나중 일.'

카릴이 용병단의 이름을 꺼낸 이유는 따로 있었다.

'신탁이 내려진 뒤, 고든의 죽음 이후 단장이 교체된 교도 용병단은 올리번의 아래에서 싸웠다.'

그게 무엇을 의미하는지는 명료했다. 에이단 하밀이 그 이름에 눈동자를 떨었던 이유도.

'올리번이 얻고자 하는 힘.'

카릴은 천천히 고개를 들어 앞을 바라봤다.

그 힘을, 이번엔 자신이 얻을 것이다.

교도 용병단.

그들은 대륙의 전쟁 역사 속에 많은 활약을 했다. 하지만 신기하게도 그들의 거점은 아무에게도 알려져 있지 않았다.

아니, 애초에 없다고 보는 것이 좋았다. 그들은 의뢰에 따라 여기저기 움직인다고 알려져 있었으니까.

'하지만 그건 소문일 뿐.'

카릴은 타투르를 나와 대륙의 남부를 향해 가고 있었다. 그의 뒤를 따르는 사람은 수안 하자르와 에이단 하밀이었다.

"……"

자신을 향해 피식 웃는 카릴의 모습에 에이단 하밀은 멈칫 거렸다.

"왜, 왜 그러십니까?"

"아냐. 단지 자네가 동행을 하게 돼서 기뻐서 봤을 뿐이야. 타투르의 인연이 이렇게 계속 이어지니 말이야."

능글맞게 웃는 그와는 달리 에이단 하밀의 머릿속은 복잡했다.

'젠장……. 이게 무슨 꼴이람. 주크가 알아서 보고를 잘하겠지만……. 타투르를 비운다는 것만으로도 부담이 되는 건 사실이야. 마음대로 되는 게 없군. 대체 어떻게 돼먹은 꼬마야? 저 눈빛만 보고 있으면…….'

마치, 자신을 꿰뚫어 보고 있는 듯한 눈빛. 사람을 속이는 데 도가 튼 그로서도 카릴의 앞에만 서면 작아지는 기분을 떨칠 수가 없었다.

에이단 하밀은 딱 한 명. 저런 눈동자를 가진 사람을 본 기억이 있다.

절대로 잊을 수 없는 사람.

다름 아닌 자신의 스승이었다.

'미쳤지. 일흔이 넘은 노인네와 열두 살짜리 꼬마를 똑같이 생각하다니.'

그는 스스로도 어처구니가 없다는 듯 고개를 저었지만, 안

타깝게도 그가 알 리 없었다.

카릴이 자신의 스승과 비교도 하지 못할 세월을 거슬러 왔다는 걸.

"카릴 님, 그런데 교도 용병단은 어째서 찾으시려는 겁니까?"

묵묵히 따라가던 에이단이 결국 질문했다.

이상한 게 한둘이 아니었다. 그중 가장 이상한 것은 거점이 알려지지 않고 신출귀몰한 교도 용병단이 어디에 있는지 알고 있다는 것이었다.

그런 용병단에게 단순한 의뢰를 할 것이 아니라는 결론이 났기 때문이었다.

"사람을 고용할 거다."

"사람이요?"

에이단은 카릴의 말에 고개를 갸웃거렸다.

"그래. 내가 땅을 좀 샀거든. 그래서 거길 관리할 사람이 좀 필요해서 말이야. 어느 정도 준비는 했지만 몇 개월만 지나면 똥파리들이 낄 것 같아서."

'그게 무슨 헛소리야? 고작 땅을 지키는 호위병을 사기 위해서 교도 용병단에 간다고?'

에이단은 카릴의 말에 어처구니가 없다는 표정을 지었다.

'그런 하찮은 의뢰로 가서 목이 잘리지나 않으면 다행이지.'

카릴은 강하다. 에이단은 큐란을 죽인 카릴의 실력을 직접 목격했기에 당연히 그 사실을 인정하고 있다.

그 끝이 어딘지는 모르지만 웬만한 소드 익스퍼트는 일대 일로 상대해서 지지 않을 거라고 생각한다.

'하지만 교도 용병단이면 다르지.'

대륙제일검.

현존하는 다섯 명의 소드 마스터 중에 가장 강한 사람이 누구냐고 한다면 크웰 맥거번의 손을 드는 것에 그 누구도 이견을 내놓지 않을 것이다. 에이단 하밀 역시 그렇게 생각하고 있다.

크웰 맥거번과 싸워서 이길 수 있는 자가 과연 있을까 하는 물음을 던진다면 사람들은 이자를 떠올릴 것이다.

고든 파비안.

교도 용병단의 단장이자 다섯 명의 소드 마스터 중 한 명. 실력도 대단했지만, 그보다 그를 유명하게 만든 것은 무지막지한 괴력이었다.

무기도 쓰지 않은 채 두 손으로 오우거의 머리를 잡고 그대로 찢어버린 일화는 대륙에서 유명했다.

소드 마스터의 경지에 오른다면 그 정도는 어렵지 않은 일일지 모른다. 하지만 고든 파비안은 마력을 전혀 쓰지 않고 오로지 자신의 근력만으로 오우거를 찢어발긴 남자였다.

그런 자가 마력까지 있다? 검을 목표로 하는 세상의 수많은 자에게 절망을 주기 충분한 일이었다.

'도대체 무슨 생각인 거지⋯⋯.'

에이단 하밀은 도무지 결말을 예상할 수 없는 카릴의 행동에 여전히 의문 가득한 눈빛으로 그를 바라봤다.

"일주일 정도 더 내려가야 할 거야. 시간이 없으니 틈틈이 알아서 휴식을 취하도록 해."

황궁조차 알지 못하는 교도 용병단의 거점을, 카릴은 마치 자신의 집을 찾아가는 사람처럼 도착시각까지 정확하게 짚어 말했다.

"……."

에이단 하밀은 입을 다물지 못했다.

카릴이 말한 일주일. 쉴 새 없이 말을 몰아 내려온 남부.

제대로 쉬지 못해 모두의 꼴은 말이 아니었지만 그런 건 중요한 것이 아니었다. 정확히 그 시간이 지나고 난 뒤에 그는 엄청난 위용을 자랑하는 거대한 요새를 눈앞에 두고 있었으니까.

'이러니 찾을 수 없었지. 말도 안 되는 곳에 용병단이 있을 줄이야…….'

당장에라도 보고를 올리고 싶은 마음에 손이 근질거렸다.

'교도 용병단과 단독으로 계약을 맺을 수만 있다면……. 대가가 얼마가 되었든 대륙의 판도가 달라질 것이다. 그런데……. 어떻게 저 꼬마가 이런 비밀을 알고 있는 거지?'

그의 머릿속을 훤히 들여다보고 있는 카릴은 가볍게 입꼬리를 올렸다.

'아서라. 내가 이곳에 찾아왔다는 것만으로 이미 올리번에게 기회는 없으니까. 게다가 지금부터 내가 쓰려는 방법을 녀석은 절대로 하지 못할 것이다.'

그리고…….

설령 올리번에게 이 사실이 알려진다 하더라도 이틀이 지나고 나면 교도 용병단의 거점은 이곳에서 사라질 것이다.

꿀꺽-

에이단 하밀은 눈앞에 있는 거대한 요새를 바라보며 자신도 모르게 마른침을 삼켰다.

쿠그그그…….

세 사람이 서 있는 지면이 흔들렸다. 그러자 눈앞에 있던 요새가 마치 그들의 앞으로 다가오는 것 같은 기분이 들었다. 아니, 실제로 그랬다.

'저게 교도 용병단의 비공정이로군……. 실제로 보니 엄청나구나. 이게 교도 용병단의 거점을 찾을 수 없는 비밀이었군. 제국조차 가지지 못한 걸 어떻게 일개 용병단이…….'

에이단 하밀은 움직이는 요새에서 눈을 떼며 카릴을 바라봤다.

"찾지 못하는 게 당연해. 1년 365일 중에 정확히 14일만 보급을 위해 지상으로 내려오니까."

아무렇지 않게 말했지만 사실 중요한 건 비공정의 존재가 아니라 이런 비밀스러운 착륙장소를 어떻게 그가 알고 있느냐하는 것이었다.

'오랜만이겠군.'

카릴은 눈앞의 요새를 바라보며 감회가 새로운 기분이었다.

'아니지. 녀석의 입장에선 처음이라고 해야 하나.'

그는 망설임 없이 성큼성큼 요새를 향해 걸어갔다.

"누구냐. 무슨 일로 여길 왔지?"

절벽의 입구에 서 있는 문지기 두 명이 카릴을 향해 경계하는 목소리로 말했다.

"그것보단 어떻게, 라고 묻는 게 맞지 않을까 싶은데. 솔직히 그게 더 궁금하지 않나? 대륙에 감춰져 있던 용병단의 보급 장소를 알고 있는 사람인데."

이상했다. 하지만 우연히 길을 잃어 찾아온 자는 아니라는 것만은 확실히 알 수 있었다.

"너 이 새끼……."

스르릉---

두 명의 문지기가 검을 뽑으며 말했다.

"목적을 밝혀라."

교도 용병단은 신출귀몰한 존재만큼이나 의뢰를 맡기는 방법 역시 범상치 않았다.

마수 토벌이라든지 국가 간의 전쟁같이 그들이 해결하는 의뢰의 규모는 개인의 것이 아니기에 각 나라에 지부를 두고 오직 서신으로만 연락을 취할 수 있게 하였다.

그건 대륙 최강이라고 불리는 제국조차 다르지 않았다. 그정도의 기밀이었다.

그런데 일개 꼬마가 지금 눈앞에 검을 보고도 아무렇지 않게 서 있으니 그들로서도 이상할 수밖에 없었다.

"고대 드워프가 만든 비공정. 확실히 공국 비룡부대의 감시망조차 벗어날 정도의 뛰어난 성능이지만 그렇다고 완벽하지 않지. 1년 중 14일을 지상으로 내려오는 이유는 사실 용병단의 보급 때문이 아니라 비공정 때문이니까."

"……"

"고든 단장에게 일이 있어서 찾아왔다. 의뢰를 맡기고자 한다."

카릴의 말에 문지기들은 어떻게 결정을 내려야 할지 몰라 당황해하는 듯싶었다.

명성이 자자한 교도 용병단이라 할지라도 결국 말단은 말단. 갑작스러운 일에 어떻게 처리를 해야 할지 몰라 난감해하고 있었다.

그때였다.

"그 정도로 자세히 알고 있을 정도라면 교도 용병단에 의뢰를 맡기는 방법도 모를 리 없을 것 같은데. 우리는 지부를 통해서만 받는다."

요새 안쪽에서 들려오는 경쾌한 목소리. 카릴은 고개를 들었다.

'저자는……'

교도 용병단의 부단장.

'제이건.'

오우거를 찢어발기는 무식한 괴력의 단장 밑에 있는 자라고는 어울리지 않을 정도로 차랑차랑한 금발의 남자는 황도의 귀족에게서나 볼 수 있을 법한 기품이 서려 있었다.

그의 등장에 문지기 두 명이 황급히 고개를 숙였다.

'아니, 확실히 기품이 있지.'

카릴은 그를 바라보며 낮은 비소를 지었다.

'제이건 루크.'

전생에서 그를 처음 본 곳은 정말로 황궁이었기 때문이다.

'배신자.'

제국이 어떤 곳인가. 아무리 베일에 싸인 교도 용병단이라고 하지만, 저 거대한 요새를 그 누구에게도 들키지 않고 숨길 수 있을까.

'암묵적으로 모른 척하는 나라들이 있다는 거지.'

왜냐? 그들의 힘이 필요하니까. 게다가 어디 한 곳이 가지기엔 너무 강력하니까.

'고든 파비안이 죽자마자 교도 용병단은 바로 비공정을 내리고 제국의 수하가 되었지. 그건 고든이 살아 있을 때 이미 제

국과 녀석이 손을 잡고 있었다는 말.'

하지만 에이단의 표정을 봤을 때는 이러한 기밀은 황자들까지는 알지 못하는 듯싶었다.

'아마……. 황제의 측근일 가능성이 크지. 뭐, 고든 같은 자라면 그걸 알면서도 묵인했을지도 모르지만……'

카릴은 살짝 눈살을 찌푸렸다.

'녀석을 그냥 둔다는 말은 고든 파비안 역시 제국의 편에 돌아서기로 마음먹었다는 것일지도 모른다.'

아직은 황제일 것이다. 하지만 그 역시 제국의 상황을 잘 알고 있을 테니 누군와 손을 잡아야 할지 결정을 내려야 한다. 용병이란 결국 돈에 움직이는 자들이니까.

"단장과 거래를 하고자 왔습니다."

그러고는 천천히 고개를 들며 말했다.

'그전에 내가 움직인다. 이번 생엔 제국의 뜻대로 되지 않을 것이다.'

"흐음."

제이건은 카릴의 말에 살짝 눈썹을 들었다 내렸다.

용병단과의 거래가 아니라 단장과의 거래.

고든 파비안을 직접 만나겠다는 말은 목숨을 내놓겠다는 의미이기도 했다.

시건방진 꼬마의 등장에 그는 오히려 흥미가 동하는 듯 낮은 목소리로 말했다.

"재밌군."

제이건은 비공정 성벽에 있는 종을 울렸다.

"부단장님?"

그 소리에 모두가 깜짝 놀라며 그를 바라봤다.

어떤 설명도 듣지 않고 정체불명의 일행을 안에 들인다?

스르르릉---!!!

그 순간, 비공정 요새의 문이 열리며 카릴은 쏟아지는 용병 단들의 모습을 볼 수 있었다. 저마다 날카로운 무기를 자신을 향해 겨누고 있었다.

'자신 있다는 거지.'

카릴은 조금 전 놀란 표정과는 전혀 다른 날카로운 인상의 그들을 바라보며 만족스럽다는 듯 고개를 끄덕였다.

"여길 직접 찾아왔다고."

황궁에 버금갈 정도로 엄청난 크기를 가진 집무실 안쪽에 화려한 옥좌 하나만 덩그러니 놓여 있었다. 고든은 턱을 팔에 괴고서 자신의 요새를 찾은 이방인들을 맞이했다.

"교도 용병단이 창단되고 30년. 여길 직접 찾아온 녀석은 네가 처음이군. 앉아라."

방석도 없는 바닥. 하지만 너무 당연한 듯한 고든의 모습에 오히려 방석 같은 것을 바라는 것이 이상하게 느껴질 정도였다.

옥좌 위에서 자신들을 내려다보는 고든을 바라보며 카릴은 생각했다.

'전생에서는 지병으로 죽어 직접 보는 건 처음인가……. 가까이서 보니 더 괴물이네.'

2m가 훌쩍 넘는 거대한 체구.

입고 있는 가죽 갑옷은 숨을 쉴 때마다 터질 것 같이 부풀어 올랐다. 애초에 갑옷이 필요하긴 할까 하는 의문이 들 정도의 모습이었다.

'아버지와 싸운다면 정말 승패를 가늠할 수 없겠어.'

규칙이 있는 대련이 아닌 진짜 전투라면…….

카릴조차도 직접 그의 모습을 보고 나니 정말로 크웰이 질 수도 있지 않을까 하는 생각이 들 정도였다.

나이가 들었음에도 그의 눈빛에는 투기가 가득했다.

"……."

카릴은 자신의 손바닥에 땀이 맺혀 있음을 느꼈다.

'긴장하고 있나, 내가.'

전생에 검성이라 불렸던 그였다.

하지만 그건 앞으로 수년 뒤의 일. 열두 살의 자신은 눈앞의 괴물에 떨릴 수밖에 없었다.

'아버지와는 전혀 다른 위압감이군.'

고든은 자신의 투기를 갈무리하려고도 감추려 하려고도 하지 않았다.

"흐음……"

그는 바닥에 앉은 카릴을 지그시 바라봤다.

"너."

숱한 전장에서 살아남고 수라를 겪었던 남자다.

"뭐 하는 놈이냐."

쭈뼛-!!!

단 한마디로 뒷머리가 저릿한 느낌.

파앗……!!!

에이단 하밀과 수안 하자르는 자신도 모르게 벌떡 일어나 뒤로 물러서며 자세를 잡았다.

"헉…… 헉……"

긴장된 호흡이 느껴졌다. 그 모습을 비웃을 사람은 없었다. 살기에 대응한다는 것은 그만큼의 실력을 가지고 있다는 의미 였으니까.

"……"

두 사람과 달리 카릴은 여전히 앉아 있었다. 고든은 그런 그를 바라보며 흥미롭다는 표정을 지었다.

"겁대가리를 상실한 건지 아니면 대범한 건지……"

고든은 카릴을 향해 피식 웃었다.

"뭐가 되었든 너 같은 인간은 처음이로군. 원하는 게 뭐지?"

"사람을 사고자 합니다."

끄덕-

"교도 용병단은 비싸다는 걸 모르진 않을 텐데."

"이곳에 있는 모든 자를 사고도 남을 것을 주겠습니다."

"……뭐?"

그의 말에 고든은 살짝 인상을 찡그렸다.

"들었냐. 너희 몸값이 꽤 우스워 보이나 보다."

당장에라도 잡아먹을 듯 카릴을 노려보는 사람들.

하지만 카릴은 개의치 않았다. 뛰어난 실력을 가진 단원들
은 저마다 용병단에 대한 자부심이 대단한 자들이었으니까.

"1년 365일."

대신, 납득할 수 있는 조건을 제시하면 된다.

"비공정이 하늘에 떠 있을 수 있도록 해주겠소."

"재밌는 소리를 하는군. 비공정을 띄울 수 있는 방법을 네가
안단 말이냐."

"그렇습니다."

"너…… 드워프와 관계가 있는 자인가."

고든의 말에 카릴은 가볍게 웃었다.

"그럴 리가."

"그렇다면 노움?"

"늙은 노움이라면 한 번 만나긴 했지만 그다지 인연을 말할
만큼 가까운 사이는 아닌 것 같습니다."

"허…… 미친놈."

자신의 물음에 막힘없이 대답하는 맹랑한 꼬마를 바라보며 고든은 어이가 없다는 듯 웃었다.

"그럼 어떻게 알고 있지? 그 어떤 공학자도 풀 수 없는 일이었는데."

"그럴 겁니다."

'마도 공학이 제대로 꽃을 피운 건 신탁이 내려지고 난 뒤였으니까.'

카릴은 천천히 자리에서 일어섰다.

"비공정을 띄우기 위해 각 부위에 다섯 개의 속성석을 박아 균형을 유지하는 방법은 나쁘지 않은 발상이지만, 균형을 맞추기 위해서는 당연히 하나의 속성을 중추로 삼는 게 좋다는 건 알 테지요."

카릴은 자신이 서 있는 바닥을 가리키며 말했다.

"그럼 어떤 속성을 갖추는 것이 가장 안정적인가."

그는 나지막하게 웃었다.

"답은 간단합니다. 모든 속성을 다 합치면 되죠."

"웃기지 마! 속성석을 합성한다고? 그런 게 가능할 리가 없어!!"

누군가 소리쳤다.

단장과의 대화에 끼어드는 무례한 행동이었지만 그 누구도 그를 질책하지 않았다. 모두가 같은 생각이었으니까.

"불가능하지. 불안전한 속성석은 오히려 위험한 폭발이 일어나니까. 하지만 완전한 속성석이라면 다르다."

"완전한 속성석?"

"8각석."

카릴의 말에 고든의 눈썹이 씰룩였다.

"순수한 8각석이라면 합성을 했을 때 위험도도 낮고 그 효과도 엄청나지."

"황궁조차도 몇 안 되는 원석을 네가? 마치 그걸 얻을 수 있다는 투로 말하는군."

"믿는 구석이 없었다면 교도 용병단을 찾아오지도 않았을 겁니다."

"녀석⋯⋯. 상황이 변하니 태도도 바뀌는구나."

"이제 손님에서 동등한 거래자가 되었다고 생각하는데. 어때?"

고든은 카릴을 바라보며 피식 웃었다.

"당당한 건 마음에 드는군. 그게 만용일지 아닐지를 봐야겠지만. 내가 만약 그것을 힘으로 빼앗는다면 넌 어떻게 할 거지?"

"교도 용병단 전부가 맘 잡고 덤빈다면 이쪽으로서는 손을 쓰기 어렵겠지. 하지만 8각석을 얻더라도 영원히 비공정을 띄울 수 있는 중추석을 얻을 순 없겠지."

거짓말이 아니었다. 완벽한 속성석의 합성법이 밝혀지고 난 뒤. 교도 용병단의 비공정에 중추석을 장착하기 전 신탁전쟁에서 요새는 파괴되니까.

"게다가 교도 용병단의 의뢰는 언제나 마법계약서로 작성한다는 것도 알고 있거든."

"크…… 크큭……."

고든은 못 당하겠다는 듯 웃었다.

콰아아앙----!!!!

콰가강--!!!

그때, 옥좌 위에 앉아 있던 거구의 몸이 눈으로 좇을 수 없을 정도로 엄청난 빠르기로 튀어 나갔다.

광풍이 몰아치는 듯한 바람.

수안 하자르와 에이단 하밀은 자신도 모르게 본능적으로 팔을 들어 얼굴을 가렸다.

콰앙--!!!!

다시 한번 굉음이 터져 나오고 모두의 시선이 홀의 문 앞에 집중되었다.

츠즈즈즉…….

츠즉…….

고무가 타는 듯한 냄새와 함께 희뿌연 연기가 솟아올랐다. 고든은 그 모습을 보며 말했다.

"차라리 내 밑으로 들어오는 게 어때. 너라면 부단장 자리도 그냥 줄 수 있을 것 같은데."

그의 말에 제이건의 눈썹이 씰룩거렸다.

"재밌는 얘기지만 용병단을 주는 것 정도가 아니라면 딱히 끌리지 않는군."

"클클클."

두 팔이 얼얼했다. 아무렇지 않은 척 말했지만 카릴은 웃는 고든을 바라보며 생각했다.

'이 정돈가…… . 교도의 괴물이.'

순간적으로 팔의 간격을 벌려 고든의 일격을 흘려보내지 않았더라면 아마 카릴의 팔은 완전히 부러지고 말았을 것이다.

'예상 이상이야. 칼립손의 건틀렛이 아니었다면 큰일 날 뻔했군.'

만약, 이대로 한 번 더 공격이 이어졌다면 이 정도로 끝나지 않을 것이다.

'세상에 강자들은 많다. 세월이 지나 그들은 저절로 노쇠해 사라졌지만…… . 이번 생에는 나이가 아니라 실력으로 이겨보고 싶군.'

카릴은 검사로서 호승심이 일었다.

'교도 용병단과 계약을 하고자 한다면 고든의 일격을 받아야 한다.'

요새를 발견했을 때 올리번이 불가능하다고 했던 이유가 이 때문이었다.

'그리고…… .'

핏-

그때였다.

"……!!"

고든의 팔뚝에 옅은 붉은 선이 생기더니 핏방울이 맺혔다.

쫘드드득…… .

그가 힘을 주자 팔의 근육들이 수축하면서 상처가 아물었다. 하지만 이미 그 광경만으로도 그곳에 있는 사람들은 경악할 수밖에 없었다.

'단장의 공격을 막은 것도 모자라 반격까지 했다고?!'

'도대체 정체가 뭐야?'

정적이 흘렀다. 단원들은 뭐라고 할 말을 잃은 듯 물끄러미 두 사람을 바라볼 뿐이었다.

"하하하하⋯⋯!!!"

고든은 큰소리로 웃어 젖히며 손가락을 꺾었다.

"계약서를 가져와."

그는 거침없이 종이 위에 사인했다. 펜이 닿는 순간 옅은 마력이 느껴지며 양피지 위에 빛이 흘러나왔다. 그 위에는 어떠한 조건도 명시되지 않았다.

상대가 원하는 것은 다 들어주겠다는 백지 계약서. 그야말로 위험하기 짝이 없는 일이었다.

하지만 고든 파비안의 행동에는 일말의 망설임도 없었다.

'고든의 일격을 막아낸다면 계약을 할 수 있지만, 반격까지 성공한다면 그와 맹약을 맺을 수 있다.'

카릴은 천천히 입꼬리를 올렸다.

아무도 모를 거다. 그게 고든이 자신에게만 정해놓은 규약이라는 걸. 회귀를 하지 않았더라면 카릴 역시 알 방도가 없었던 일이었다.

지금까지 그 누구도 의뢰를 맡기러 온 입장에서 단장에게 상처를 입힐 대담한 자는 없었으니까. 그리고, 앞으로도 없을 것이고.

"네 이름이 뭐냐."

"카릴."

고든 파비안과 카릴 맥거번.

두 사람의 첫 만남이 훗날 신탁에 큰 이변을 가져다줄 것이라고는 그들도 알지 못했다.

"최소 한 사람당 10골드. 용병단 내에도 계급이 존재한다. S부터 B급까지. 물론, 교도 용병단의 B급이 다른 곳의 B급과는 다르다는 걸 잘 알겠지."

제이건의 말에는 관심도 없다는 듯 카릴은 단원들이 있는 막사에서 명단을 훑으며 말했다.

"미하일, 타이렐, 모리스. 이렇게 세 명을 빌리겠다. 일이 진행됨에 따라 좀 더 빌릴 수도 있겠지만 그건 지부를 통해서 연락하지."

"……."

자신을 무시하는 카릴의 모습에 제이건의 입술이 씰룩거렸다.

'미하일? 나머지 둘은 그렇다 쳐도 들어온 지 얼마 안 된 신

참 B급 용병이잖아. 게다가 이 녀석은……'

의아해하는 제이건과 달리 카릴은 명단에 쓰어 있는 이름을 바라보며 감회가 새로운 듯 다시 곱씹었다.

"부르셨습니까!"

전생에서 그와의 추억을 떠올리기도 전에, 카릴은 눈앞에 곱상하고 유약하게 생긴 남자를 바라보며 흐뭇하게 웃었다.

갓 들어온 신참답게 군기가 바짝 들어 있는 모습의 병사가 꼿꼿하게 선 정자세로 제이건을 향해 경례했다.

"의뢰다. 무슨 일인지는 너도 대충 들었겠지. 자세한 건 최고참인 모리스에게 전달될 거다."

"넵!!"

아직 어린 티를 벗지 못한 그는 카릴보다 다섯 살 정도 많은 소년이었다.

"반갑군."

"아, 네."

아무렇지 않게 손을 내민 카릴을 바라보며 미하일은 구부정한 자세로 얼떨결에 악수했다.

'뭐지? 이 애늙은이 같은 아이는.'

하지만.

움찔-

악수하는 순간, 미하일은 저릿한 통증에 자신도 모르게 손을 뺄 뻔했다.

"껍질이 벗겨진 채로 아물지 않았네. 열심히 수련하는가 보군. 검을 잡은 지 얼마나 되었지?"

"네? 한 5년 정도 되었습니다."

카릴이 마음에 들지 않았지만 일단 고용주라는 걸 알고 있으니 존댓말을 썼다.

'어디 귀족의 아들쯤 되는 건가. 나보다 어린데 꼭 경력이 있는 것처럼 말하네. 이런 건방진 아이는 딱 질색인데…… 하필이면 겨우 맡게 된 첫 임무가 이런 거라니.'

그의 속마음을 마치 알고 있다는 듯 카릴은 가볍게 웃었다.

"5년밖에 안 됐는데 교도 용병단에 들 정도라니…… 실력이 대단한가 보지?"

카릴의 말에 미하일은 얼굴을 붉혔다.

"아닙니다. 우연히 고든 단장님의 눈에 들어서……"

"달리 생각해 보시는 건 어떻습니까. 아직 신입이라 이렇다 할 결과를 내지 못해서 말입니다."

제이건의 말에 주눅이 든 듯 미하일이 고개를 떨구었다.

"교도 용병단의 단원들은 B급 용병이라도 다른 B급과 다르다고 누가 말한 것 같은데."

카릴의 대답에 그는 살짝 얼굴을 굳혔다.

"이 사람으로 하겠어."

"거래에 있어서 제대로 된 상품을 제시하는 것도 상도덕의 하나니까."

제이건은 미하일을 차가운 눈으로 바라봤다.

그의 시선에 담긴 내용을 아는 것인지 미하일이 고개를 숙였다.

"실망해도 환불은 없다."

"물론."

카릴은 고개를 끄덕였다.

"그리고 두 배의 보수를 내도록 하지."

"……!?"

제이건은 오히려 더 큰 거래를 제시하는 카릴의 말에 이해가 안 간다는 얼굴이었다.

그러고는 가볍게 웃었다.

"대신 검을 잡지 않는 조건이다. 어때?"

"……네?"

미하일은 무슨 소리를 하느냐는 표정으로 그를 바라봤다.

'아니, 검을 쓰지 않으면 어떻게 싸우라는 거야?'

그의 인상이 구겨졌다.

하지만 그와는 달리 카릴은 미하일의 얼굴을 바라보며 기억을 떠올렸다.

"잘 싸우는군. 교도 용병단 출신이랬나?"

"그렇습니다."

날카롭게 정돈된 칼날 같은 모습의 미하일.

"교도 용병단에 들어가는 게 쉬운 일이 아니라던데."

피를 뒤집어쓴 채 괴물들의 시체에 기대어 있던 미하일은 고개를 들었다.

"트롤이 우리 마을을 습격했을 때, 그 주변의 오우거 사냥을 의뢰받았던 교도 용병단이 지나갔었습니다. 그때 고든 단장님을 처음 만났었죠."

"몇 년 전이지?"

"글쎄……. 한 8년 전?"

"소드 마스터라도 모두 안목이 뛰어난 건 아닌가 보군. 네가 트롤을 잡을 수 있었던 건 검술이 뛰어나서가 아닌데 말이야."

"네?"

"뭐, 저 녀석이 그러더군. 이제 와서 후회해 봤자 소용없는 일이지만. 인간의 일에 쓸데없이 관심이 많다니까."

카릴이 고개를 젖힌 곳엔 나르 디 마우그가 있었다.

위대한 드래곤이 자신에게 흥미를 가졌다는 것에 놀랄 일이었지만 그보다는 카릴의 말이 이해가 가지 않았다.

"그게 무슨 말입니까?"

"네 재능. 검이 아니라 다른 곳에 있다더군. 만약 고든을 만나지 않았더라면 달라졌을지도."

그의 말에 미하일은 쓴웃음을 지었다. 이제 와서 죽은 자를 탓할 이유도 없었으니까.

"이렇게 살아서 싸울 수 있는 것도 모두 단장님이 가르쳐 준 검술 때문입니다."

"그런가."

언제였을까.

카릴은 신탁이 내려지고 자신의 부대에서 처음 그를 만났을 때, 그의 쓴웃음을 기억했다.

그때는 별 의미 없이 말한 것이지만 지금은 다르다. 고든이 그에게 손대기 전에 자신을 만났으니 말이다.

'넌 검사가 아니라 마법사가 돼야 했을 녀석이거든.'

그런 그의 생각을 알까. 미하일은 당황스러워하는 얼굴로 그저 카릴을 바라볼 뿐이었다.

"나와 함께 가자."

"두샬라에게 이것을 전하도록 해."

카릴은 용병단을 나오기 전에 작성한 두루마리를 수안에게 건넸다.

"정말 괜찮으시겠습니까?"

수안은 에이단과 미하일을 힐끔 바라보며 말했다. 아무리 교도 용병단이라 할지라도 수안의 눈에는 불안하게 보이는 듯

싶었다.

"걱정 마. 다들 자기 몸 하나는 지킬 수 있는 사람들이니까. 그리고 타투르에 들어가려면 너의 조타술이 필요하잖아. 나머지 용병들을 두샬라에게 안내하는 것이 더 중요한 일이야. 그리고 네가 해야 할 일도 여기에 적어뒀다. 그녀와 함께 보도록 해."

"알겠습니다."

그의 대답에 카릴은 고개를 끄덕였다.

'이 정도면 나머지는 그녀가 알아서 하겠지.'

수완이 좋은 그녀라면 자신이 적어놓은 지표보다 나으면 나았지 못한 결과를 내진 않을 것이다.

'베릴 남작을 비롯한 다섯 영토에서 매입한 땅에서 마광산을 발견하려면 최소 반년. 그리고 8각석을 채광하기까지는 거기서 반년이 더 걸릴 터.'

약 1년의 시간이 필요하다.

'서두른다면……'

아슬아슬하지만 신탁이 일어나기 전에 가능했다.

아니, 그 이전에 제국과 공국 그리고 삼국의 명운을 건 제국 전쟁을 준비할 수 있을 것이다.

판은 준비되었다. 이제는 자신을 가다듬을 시간이었다.

검술은 그렇다 쳐도 넘치는 마력혈을 얻고 난 뒤에도 여전히 그는 2클래스의 범주를 뛰어넘지 못하고 있었으니까.

'그러기 위해서는……'

카릴의 눈빛이 반짝였다.

'이제 거기로 가야겠군.'

그가 교도 용병단을 들린 이유는 마광산의 호위를 의뢰하기 위함이기도 했지만, 이곳을 미하일과 함께 가기 위한 것이기도 하였다.

상아탑과 안티홈 대도서관을 제외하고 대륙에서 가장 많은 마법사의 왕래가 끊이지 않는 곳이자 해마다 무수한 마법 경연이 펼쳐지는 도시.

'아조르(Azor).'

▶**Chapter 4**◀

"우아······. 여기가 아조르······!!"

격양된 미하일의 목소리가 숲을 가로질렀다.

대륙을 떠도는 교도 용병단이라는 엄청난 곳에 몸담고 있었지만, 그는 아직 1년도 채 되지 않은 신입에 불과했다.

게다가 카릴의 의뢰가 첫 임무. 태생 자체가 도시와는 거리가 먼 시골. 더욱이 지금까지 요새 안에서 생활을 했던 터라 마치 신세계를 보는 것처럼 들떠 있는 모습이었다.

마법 도시 아조르.

역사를 거슬러 올라가면 상아탑의 여명회와 안티홈 대도서관의 불멸회, 이 두 마법회가 갈라지기 전 하나의 원류를 가지고 있었던 시절이 있었다.

태초부터 존재했으며 대륙의 마법을 전파했다고 알려지는 7인의 원로회. 이 일곱의 마법사가 세운 도시가 바로 아조르였다.

'오랜만이군.'

카릴은 고개를 들어 도시를 바라봤다.

하늘을 찌를 것 같은 거대한 일곱 개의 첨탑들은 각각 원로회의 마법사들을 상징했다.

그중에서도 가장 높고 영롱한 새하얀 빛을 뿜어내는 메인탑. 7인의 원로회의 장로이자 비전의 샘의 주인인 알른 자비우스의 탑.

'대마도사라고 불렸던 카이에 에시르 시절, 250년보다 더 이전, 태초부터 존재했다고 알려진 곳.'

카릴은 굳게 닫혀 있을 그 탑의 문을 떠올리며 생각했다.

'뭐…….. 인류가 태초부터 존재하진 않았으니 그건 그저 뜬소문에 불과하겠지만……. 나르 디 마우그조차 만나보지 못했다고 알려진 7인의 원로회.'

지금 봐도 전혀 촌스럽지 않고 오히려 웅장한 기운에 압도되는 건축물들을 보며 카릴은 고개를 끄덕였다.

'마법의 총본산이라는 위세는 마법회에게 빼앗겼다지만 확실히 과거부터 지금까지 어떤 국가보다 마종족(魔種族)인 엘프와의 유대관계가 짙은 곳이군. 그것만큼은 확실하다.'

전생에서는 마법과는 관계가 없던 그였기 때문에 아조르에 대한 관심도 적을 수밖에 없었다.

그는 오히려 타투르의 투기장이라던지 남부의 사막 경기장과 같은 무투를 다툴 수 있는 곳에 자신의 시간을 썼으니까.

'이런 내가 아조르를 직접 찾을 줄이야.'

카릴은 쓴웃음을 지었다.

"성문을 통과하는 대로 우린 나뉘어서 행동한다. 에이단 너는 일단 숙소를 알아보고 1시간 뒤에 광장에서 만나도록 하지."

"그럼 저는요?"

"걱정 마. 네가 할 일은 따로 있으니까. 넌 나 대신 경연회에 참가 신청을 넣도록 해."

카릴이 아조르를 찾은 이유. 마법 도시에서는 타투르의 투기장처럼 해마다 많은 경연이 시작된다.

여명회의 마법사와 불멸회의 마법사들뿐만 아니라 용병 일을 하는 자유 마법사와 제국, 공국 그리고 삼국에 소속되어 있는 마법사들까지 모두 자유롭게 자신의 마법을 시험하고 대결할 수 있었다.

"아, 카릴 님께서 마법 경연회에 참가하실 생각이신가 보군요?"

미하일은 알았다는 듯 손뼉을 치며 말했다.

"아니, 나뿐만 아니라 너도다."

"……네?"

"그리고 이건 초청장. 신분을 증명해 줄 테니 함께 가져가."

카릴은 타투르를 떠나기 전 두샬라에게 미리 받았던 증서를 꺼내 미하일에게 건넸다.

"구하는 데 꽤 돈을 쓴 녀석이니까."

'저 인장은⋯⋯.'

추천장 맨 위에 놓여 있는 붉은 인장이 베릴 남작의 것이라는 걸 에이단은 단번에 알아차렸다.

'언제 저런 거까지 준비한 거야?'

허탈한 듯 고개를 저으며 속으로 가볍게 탄성을 질렀다.

"하, 하지만 전⋯⋯."

"아무도 너에게 관심을 가지지 않아. 게다가 이건 베릴 남작의 초청장이거든. 이제는 한물간 노마법사니까."

카릴은 가볍게 웃었다.

"대신 초청장이 있는 사람은 아조르의 가게를 저렴하게 이용할 수 있지. 그래서 구하기 어려운 것이기도 하고 말이야. 일단 경연회에 등록하고 난 뒤에 내가 적어놓은 것들을 좀 사 오도록 해."

그는 초청장과 함께 작은 쪽지를 미하일에게 건넸다.

'언제 저런 걸 다 준비했지.'

에이단은 빈틈없는 카릴의 모습에 혀를 내두를 수밖에 없었다.

"그동안 나도 잠시 볼일이 있어서 말이야. 1시간 뒤에 광장에서 다시 만나도록 하자."

카릴은 메고 있던 가방에서 낡은 로브 하나를 꺼내 자신의 몸에 둘렀다. 퀴퀴한 냄새가 나는 오래된 로브는 어쩐지 그와 어울리지 않아 보였다.

몇 달 전, 그가 죽였던 고블린 술사의 로브였다.

"이따 보지."

망설임 없이 인파 속으로 사라지는 카릴의 뒷모습을 바라보며 두 사람은 멍하니 서로를 바라봤다.

하지만 곧, 그 둘 역시 서로 고개를 끄덕이며 헤어졌다.

이미 해야 할 일은 모두 정해졌으니까.

"마법서? 아무래도 안티홈 대도서관이 가장 좋지 않을까. 거기가 대륙에서 가장 많은 마법서를 보유하고 있는 곳이니까."

"내가 불멸회의 수장이라도 된다면 모를까. 마법회 밑으로 들어갈 생각은 없다. 가능성이 낮은 방법은 배제하고 지금 상황에서 할 수 있는 걸 말해봐."

"당신이라면 마법회 정도는 우습게 차지하려고 할 것 같았는데."

"생각이 없는 건 아니지만 일단 그건 나중 일이겠지."

두샬라는 카릴의 말에 잠시 멍한 표정으로 그를 바라봤다.

"……나 참, 당신이 그렇게 얘기하면 진담인지 농담인지 구분이 안 된다니까."

고개를 저으며 그녀가 말했다.

"마법회가 불가능하다면 사실상 고위 마법서를 얻을 수 있는 방법은 아조르의 경연에서 우승을 하는 것뿐이겠지."

"경연이라……."

"그런데 솔직히 그것도 불가능에 가깝지. 마법 경연을 후원하는 게 어차피 마법회니까. 사실상 여명회와 불멸회의 결승은 정해진 거거든. 대신……."

"대신?"

"그곳에도 우리 같은 자들이 있지. 우승 상품은 건들 수 없지만 경연에 제공되는 마법서들을 빼돌리는 업자들이 있어. 운이 좋다면 4클래스까지도 구할 수 있을지 몰라."

"흐음……."

"아는 자들이 몇 있는데 연락을 취해놓을까?"

카릴은 두샬라와 했던 대화를 떠올리며 천천히 고개를 들었다.

'솔직히 그때만 해도 단순히 마법서를 구할 목적으로 그녀에게 이름을 물었을 뿐이지만…….'

카릴은 자신이 덮고 있는 고블린 술사 베이커의 로브를 만지작거렸다.

'그들 중 한 명이 우든 클라우드와 연관이 있을 줄이야. 운이 좋군.'

아르딘을 죽인 뒤, 남은 포로였던 베이커에게서 자백을 받았지만 건질 만한 것은 그다지 많지 않았다.

'레디오스, 바르고, 더글라스.'

그가 알고 있는 우든 클라우드의 사람은 이 셋. 흔한 이름이고 가명일 가능성도 있다.

'바르고 시라.'

카릴은 두샬라가 말해준 이름을 떠올렸다.

직감이랄까. 전장을 누비던 본능이랄까.

확인해 봐야 할 테지만 어쩐지 그가 베이커가 말한 사내가 아닐까 하는 생각이 들었다.

'베이커는 가지로 활동하기 전에 용병 길드에 소속되어 있던 자유 마법사였다고 했다. 그가 속해 있던 길드의 이름은 울카스 길드.'

처음 듣는 소형 길드였기 때문에 별다른 관심을 가지지 않고 있었다.

하지만 두샬라가 그 길드의 이름을 내뱉는 순간. 카릴은 생각을 달리했다.

울카스 길드의 길드 마스터, 바르고 시라.

'길드원 중에 두 명이나. 그것도 길드 마스터가 우든 클라우드라는 건……'

울카스 길드가 우든 클라우드 가지들의 거점 중 하나일 수 있다는 말. 그자뿐만 아니라 다른 자들도 공국과 연관이 되었을 가능성까지 있었다.

'확인해 봐야겠지.'

저벅- 저벅- 저벅-

카릴은 계속해서 발걸음을 옮겼다.

마법 도시라 불리는 아조르엔 골목 어귀에도 제국에 없는 마법등이 켜져 불야성을 이뤘다. 하지만, 그런 곳도 여느 도시와 다르지 않게 어둠이 존재하는 법.

길을 따라 걷자 화려한 도시의 외관과 다른 빈민가가 나왔고 거기서 좀 더 안쪽으로 들어가자 거리 바닥에 주저앉은 빈민들이 있었다. 어쩐지 카릴을 바라보는 눈빛이 빈민가의 그들과는 달리 날카로웠다.

골목을 따라 걷던 카릴은 한 곳에 멈춰 섰다. 낡아서 당겨지기는 할지 의심이 되는 너덜거리는 문고리가 달린 문.

그 앞에 한 무리의 사람들이 앉아 있었다.

"길 좀 비켜주지? 들어가야 하는데."

카릴의 말을 듣자마자 문 앞에 앉아 있던 남자가 천천히 손을 뻗었다.

"구걸할 거면 광장에 가라."

카릴의 말에도 불구하고 남자는 손가락을 까닥거릴 뿐이었다.

스으윽⋯⋯.

그 순간, 어둠 속에서 움직이는 인기척이 느껴졌다.

번뜩이는 은색의 날.

'평범한 녀석들은 아니군.'

하지만 그들의 정체가 무엇이든 상관없다. 한숨이 나올 듯한 혼해 빠진 전개에 카릴은 남자의 말을 듣는 것조차 시간이 아깝다는 듯 그대로 그의 손목을 잡아 꺾었다.

우드득-

비명조차 지르지 못하고 그의 팔은 괴상한 방향으로 어긋나 덜렁거렸다.

퍽……!! 퍼벅……!!

연달아 녀석의 면상에다 주먹을 박아 넣자 조금 전의 날카로운 눈빛은 퉁퉁 부은 눈꺼풀에 가려져 더 이상 볼 수가 없었다.

"컥…… 커컥……. 쿨럭!"

제대로 숨을 쉬는 것도 힘든 듯 반항조차 제대로 하지도 못했다. 카릴은 그가 일어설 틈도 주지 않고 있는 힘껏 남자의 복부를 발로 후렸다.

주르륵--!!

콰앙……!!

기절한 남자가 카릴의 발길질에 바닥을 미끄러지듯 날아가 상자 더미에 처박혔다.

카릴은 쓰러진 남자를 발로 툭 밀었다.

"사주한 놈이 있는 거면 나오고, 상대를 잘못 보고 덤빈 거면 저놈 데리고 꺼져."

"……."

그 광경에 나머지 사람들은 덤빌 엄두조차 내지 못하고 황급히 자리를 떴다.

'어딜 가나 똑같군.'

그들을 바라보며 카릴은 낮은 한숨과 함께 고개를 저었다.

약자를 노리는 하이에나 같은 자들.

'여길 제 발로 들어온 것만 봐도 한 번쯤은 의심을 해봐야 하는 거 아닌가. 머리가 나쁘면 몸이 고생이라니까.'

카릴은 더 이상 주변에 사람이 없다는 것을 확인하고는 문을 열었다.

끼이익.

녹이 슨 문에서 나는 소리가 썩 좋지 않았지만, 문 너머의 풍경은 어두운 골목과 달리 꽤 포근한 느낌이었다.

여기저기 잔뜩 쌓인 물건들. 타투르의 암시장에서 봤던 칼립손의 가게와 비슷한 느낌이면서도 달랐다.

'대충 보니 단순한 비렁뱅이들이 아니라 이곳 주인이 고용한 녀석들인가 보군.'

"으음? 손님인가? 한창 경연 때문에 바쁠 땐 손님을 받지 않는데……. 어떻게 들어왔지?"

경박한 목소리. 카릴은 건물 안에서 들리는 그 말에 자신의 예상이 적중했다는 생각을 했다.

"그러게. 앞에 있는 치들이 꽤 거칠던데."

'저놈인가.'

카릴은 카운터로 걸어 나오는 남자를 바라봤다.

허리가 굽고 눈은 잠을 자지 못한 듯 퀭했으며 뼈밖에 보이지 않을 정도로 왜소한 체구의 사내였다.

아니다. 두샬라에게 전해 들은 정보에 의하면 이들은 밀매업을 하는 자들. 모름지기 길드의 마스터라면 문 앞에 있던 그런 쓰레기들을 믿을 리 없다.

그렇게 생각한 카릴은 남자에게 말했다.

"타투르의 두샬라 소개로 바르고 시라를 만나고자 왔다."

그의 말을 듣자 주인이 순간 멈칫했다.

"물론, 마법서도 가져갈 생각이다."

하지만 이내 곧 카릴의 말에 경계를 푼 듯 남자가 말했다.

"타투르에서 온 손님이라……. 흔한 일이 아닌데……. 소개장은 있나?"

"물론."

카릴은 품에서 낡은 인장 하나를 보여줬다.

"진짜군. 놀랍긴 한데 뭐, 구경해 보도록 해. 원래는 안 되지만 두샬라의 고객이라면 이쪽에서도 원하는 걸 맞춰줘야지."

"좋군."

주인의 말에 카릴은 만족스럽다는 듯 고개를 끄덕였다.

'그럼 덤으로 너희들 목도 가져가지.'

"이쪽은 감정이 끝난 물건들. 그리고 반대쪽은 미감정 물건들이지. 운이 좋으면 대박을 찾을 수 있겠지만 반대로 쪽박을

찰 수도 있으니까. 선택은 그쪽 몫이야."

어지럽게 놓여 있는 장물들 사이에서도 나름의 규칙이 있는 듯 그는 몇 가지를 분류해서 카릴에게 보여주었다.

"그리고 마법서는 이쪽. 이틀 뒤에 경연이 시작되는 걸 알고 온 건가?"

"딱히 그건 아니다. 경연이야 여명회와 불멸회에서 신참 기수들을 내보내기 위해 시도 때도 없이 하니까. 안 그래?"

"하긴, 우리도 그거 때문에 골치 아프긴 하지. 원래대로라면 7인의 원로회가 명한 경연회만이 유일한 경연인데 말이야."

카릴은 그의 말에 낮게 웃었다.

"암상인치고는 꽤 자부심 있는 말투인데."

"훙, 뭐…… 아조르 태생이라면 당연한 일이지. 지금이야 이런 일이나 하고 있지만 나도 한때는 마법사를 목표로 했었으니까."

그는 민망하다는 듯 목소리를 깔았다.

"뻔히 자기네 거점이 있으면서도 마법 도시라는 이유로 위험한 경연은 이곳에서 하고 있으니 죽어나는 건 우리들이거든. 매번 도시를 부숴대니 녀석들을 달갑게 볼 수 있을 리가 없지. 그런 주제에 자기들이 진짜다, 라고 정통성이나 주장하면서 시도 때도 없이 싸우려 드니까."

"그렇군."

"며칠 전에만 해도 두 마법회의 제자들이 붙었다가 한 녀석이 죽고 끝났지. 경연을 본 적 있나? 말이 경연이지 목숨 걸고 싸우는 건 투기장과 다르지 않아."

하소연할 곳이 없었던 걸까. 남자는 카릴과의 대화에서 마치 기다렸다는 것처럼 줄줄 이곳의 사정을 읊어댔다.

'말이 많은 녀석이군.'

그의 이야기를 한 귀로 듣고 한 귀로 흘리면서 카릴은 가게의 마법서들을 살폈다.

'아인혜리에서 얻은 마법서들과 별반 다르지 않군. 역시……'

대부분 가게에 진열되어 있는 것들은 2클래스를 넘지 못했다. 3클래스 이상의 마법들은 대부분 마법사들이 관리를 하기에 구하기 힘든 점도 있었지만 그것보다 큰 문제점은 역시 카릴이 초객이라는 점이었다.

"내 말을 그냥 흘려들었나 보군. 두샬라의 소개를 받아서 왔다고 했는데. 이런 하급 마법서만 내놓을 거라면 돌아가지."

"2클래스 마법서도 구하는 게 쉬운 일이 아니야. 마력검정을 통해서 마법회에 입회하지 않으면 그 이상의 마법서를 구하는 건 하늘의 별 따기라고."

"그래서 온 거잖아. 여기에. 두샬라의 말로는 4클래스 이상의 마법서까지 있다던데."

카릴은 꽂혀 있는 책들에는 관심이 없다는 듯 가볍게 툭 치면서 말했다.

"하……. 자유 마법사라도 되는 거냐. 차라리 그럼 길드에 들어가는 건 어때? 용병이 되면 길드에서 지원해 주는 마법서가 있잖아."

그러나 여전히 주인은 심드렁한 표정이었다.

"장사를 못 하는군. 손님에게 길드에나 들라고 하다니 말이야."

카릴은 품 안에서 두 장의 서찰을 꺼냈다.

"두샬라가 직접 쓴 소개장이다. 바르고 시라에게 건네라. 그리고 이건 마법사 베릴의 추천장이다."

"……."

서걱―

카릴이 마력을 끌어올려 추천장을 테이블에 꽂아 넣자 두 장의 서찰은 마치 칼날이 박히는 것처럼 아무런 저항도 없이 테이블에 쑥 들어갔다.

주인은 그 모습에 자신도 모르게 마른침을 꿀꺽 삼켰다.

"이거면 설명은 필요 없겠지. 두목에게 안내해. 그리고 귀한 손님에게 그딴 식으로 말을 짧게 하는 게 아니지. 안 그래?"

"죄, 죄송합니다."

카릴의 한마디에 그는 황급히 테이블 뒤에 있는 문을 열었다. 그제야 카릴은 만족스러운 표정으로 고개를 끄덕였다.

뒷문의 계단을 따라 내려가려는 순간.

"저, 저기……."

두샬라의 소개장이야 그렇다 쳐도 귀중한 추천장을 무턱대고 잡아당긴다면 찢어질 것이다. 아조르에서 정식 마법사의 추천장의 가치는 엄청난 것이었으니까.

"이것 좀 빼주시면 안 될까요?"

주인의 울먹이는 목소리가 들렸다.

"귀빈이 오셨는데 아둔한 부하 녀석이 실례를 했군요. 들어
오십시오."

뒷문 안쪽에 있는 지하는 조금 전 위에서 봤던 쓰레기들과
는 전혀 다른 물건들이 진열되어 있었다.

'이 정도면 마법 관련 물품에 한해서는 타투르의 암시장에
버금가겠는걸.'

카릴은 벽면을 가득 채운 마법서와 무구들을 슬쩍 바라봤다.

'없는 게 없는 암시장이라지만 마법서만큼은 구할 수 없었
지. 마법 계열에 한해서는 아조르의 상인들이 독점하고 있다
고 말할 수 있겠군.'

그 말은 곧, 유일한 공급원이기에 그만큼의 폭리를 취하고
있을 거라는 말.

눈앞에 있는 남자를 바라봤다.

설명을 듣지 않아도 그가 두샬라가 말한 바르고 시라라는
것을 단번에 알 수 있었다. 앉아 있는 자세에서부터 거만함이
느껴졌다.

남자는 두툼한 턱살 위로 거칠게 자라난 수염을 쓰윽 쓸면서 말했다.

"마법사의 추천장을 가지고 왔다고 들었습니다만?"

"베릴 남작의 것이다. 이걸로 마법서를 구하고 싶은데 가능한가."

"하하, 물론입니다. 남작의 평판 때문에⋯⋯. 그의 추천장은 조금 인기가 떨어지긴 하지만 기본적인 조건은 같으니까요."

"몇 클래스까지 가능하지?"

"마력측정기로 마력검증을 거친 뒤에 거래가 가능합니다. 마력이 낮다면 3클래스, 높다면 4클래스까지도 가능하겠죠."

"마력검증? 여기에 그런 기계가 있단 말이야?"

카릴의 물음에 바르고는 음흉하게 입꼬리를 올리면서 말했다.

"물론입죠. 가끔 초청장을 너무 쉽게 써주는 마법사님들이 있어서 말입니다. 가끔 이곳에서 마법서를 사서 다른 곳에 다시 되파는 녀석들이 생겨 그러는 것이니 이해해 주시기 바랍니다."

"아즈르도 갈 데까지 갔군. 마력측정기가 한낱 이런 가게에 있다니 말이야."

"하하, 저흰 길드도 운영하고 있어서 말입니다. 공시된 기계이니 믿으셔도 됩니다. 몸에 해가 되는 일은 없을 겁니다."

"마법 길드?"

"그냥 작은 길드에 불과합니다. 신경 쓰지 않아도 됩니다.

하하."

바르고의 말에 카릴은 고개를 끄덕였다.

'그 길드가 바로 울카스겠군.'

"간혹 마력이 높으신 분들 중에 어디에도 소속되고 싶지 않으셔서 이곳의 마법서를 구입하시는 분들이 있습니다만, 마력이 없는 녀석들은 대부분 상인이지요."

"일리 있는 말이군."

바르고는 벽면 뒤편에 있는 커다란 수정구가 달린 기계를 꺼내었다.

"혹시 마력측정을 해본 적이 있으십니까?"

"아니."

"이런……. 그렇다면 4클래스급의 마법서를 구입하지 못 하실 수도 있겠군요. 부디 좋은 결과가 나오길 빌죠."

카릴은 그의 말에 코웃음을 치고 싶은 걸 참았다. 해보는 건 처음이지만 그는 눈앞에 있는 기계를 숱하게 봤었다.

신탁이 내려지고 마법 부대를 창설하던 시기에는 인원이 부족했기 때문에 3클래스 이상만 되더라도 마법병으로 투입이 되었기 때문이다.

'다행이군. 속성이나 마력혈을 측정하는 것도 아니고 저 기계는 단순히 마력의 양을 검사하는 측정기라면…….'

그에게 있어서는 문제가 되지 않았다.

"일단 정확한 측정을 위해 이 수정구에 손을 올려주시기 바랍니다."

"마력의 고저에 따라서 마법서를 판매한다면 혹시 4클래스 이상의 마법서도 있다는 말인가."

"하하…… . 4클래스 이상이요? 그렇다면 중급 마법사입니다. 그런 사람이라면 마력혈을 몇 개나 뚫어야 하는데요."

"하지만 자유 마법사들 중에는 길드에서 마법서를 얻는 자들도 있을 텐데."

"물론 그렇지만 한두 개도 아니고 개인이 마법서를 모두 구매하려면 귀족이라도 쉽지 않을 겁니다. 그런데 중급 마법사인 5클래스급의 마법서라면…… . 하나를 구하는 것만으로도 엄청난 비용이 들 겁니다."

"그렇군."

바르고는 의미심장하게 말을 했지만 카릴은 오히려 그의 말에 담담한 표정으로 대답했다.

"돈이 있다면 그 이상의 것도 이곳에서 구할 수 있다는 말이군."

"그 정도 반열에 든 마법사가 소속도 없을 리가 없지만요. 능력껏 쓸 수 있다면 팔지 못할 것도 없겠지요."

바르고는 눈앞에 있는 카릴을 같잖다는 듯 바라보며 말했다.

'두샬라의 소개장을 어떻게 얻은 건진 모르겠지만 웃기는 꼬마로군. 대마법사라 불리는 상아탑의 베르치 블라노도 이십 대 중반이 되어서야 겨우 6개의 마력혈을 뚫어 5클래스 반열에 올랐다.'

그런 자를 세간에선 천재라고 불렀다.

얼핏 봐도 열다섯도 안 돼 보이는 꼬마가 중급 마법사급의 마력을 가질 수 있을 리가 없었다. 드래곤이 폴리모프를 하지 않는 이상 말이다.

'기껏해야 2클래스. 아니, 저렇게 자신만만한 걸 봐서는 3클래스급 정도겠지. 솔직히 그 정도만 돼도 엄청난 것이지만······.'

그는 여러 가지 가능성을 염두에 뒀다.

'베릴 그 노친네가 새로운 제자라도 들인 걸까. 지금이야 한물갔지만 그래도 한때는 그도 천재 소리를 들었던 작자지.'

열다섯 때 4개의 마력혈을, 그리고 열여덟에 5개의 마력혈을 뚫어 4클래스의 마력의 마법사가 된 자였다.

'뭐······. 그 뒤로 시궁창 같은 생활을 해서 몸도 정신도 망가졌지만······.'

그의 머릿속에 들어 있는 마법적 지식만큼은 여전히 유지되고 있을지 모른다.

'하지만 그래 봐야 꼬마지.'

바르고는 측정기에 작동시키며 말했다.

"응축시킬 수 있는 마력의 최대치까지 끌어올려 보시죠. 수정구에 새겨진 테두리의 줄이 채워지는 길이에 따라서 마력의 용량이 정해집니다."

"흐음."

둥근 수정구에는 검은색의 테두리가 쳐 있었다.

"해보시죠."

카릴은 아무렇지 않게 마력을 천천히 끌어 올렸다. 마력혈에서 느껴지는 뜨뜻한 기운이 서서히 전신을 감돌기 시작했다. 모두의 시선이 수정구에 집중되었다.

순간, 카릴은 잠시 고민을 했다.

"……."

하지만 그 고민은 몇 초에 지나지 않았다.

"무, 무슨……!?"

바르고 시라의 눈동자가 크게 흔들렸다.

조금 전까지 아무런 표식도 없던 수정구의 테두리가 빠르게 차오르기 시작하더니 마치 붕대를 감은 것처럼 끝까지 채워졌다.

"4…… 4클래스?!"

마력측정기란 결국, 측정자가 마법사의 반열에 오를 수 있는 마력을 가졌는가를 확인하는 장치였다.

"이게 끝인가?"

"……네?"

그때였다.

쩍-! 쩌저적---!!

카릴은 마력혈의 마력을 수정구에 더욱 쏟아붓기 시작했다. 그 어떤 절제와 감춤 없이 수정구를 감싼 그의 손바닥에서 옅은 빛이 쏟아졌다.

콰득……!!

콰아앙……!!

수정구에 금이 가더니 끝내 그의 힘을 버티지 못하고 산산조각이 나고 말았다.

후우우욱--

바르고 시라의 머리카락이 흔들렸다. 잠잠했던 바람은 소용돌이처럼 거세게 휘몰아쳤다. 그는 그게 갈 곳을 잃은 마력이 휘몰아치며 만들어낸 바람이라는 것을 알았다.

짙은 마력의 냄새가 방 안을 가득 채웠다.

'마력측정기가 버티지 못했다……?'

그 말은 눈앞의 꼬마가 4클래스 이상의 마력을 가지고 있다는 말이었다.

아니, 그 끝을 확인할 수 없었다. 역사상에 존재했던 대마법사들이 세운 기록을 뒤엎을지도 모른다.

"……."

여기저기 책장이 들썩이고 사방으로 종이들이 날렸다. 자신의 방이 엉망이 되었지만 바르고 시라는 놀란 얼굴로 우두커니 서서 입을 다물지 못했다.

"깨져 버렸군."

자신을 바라보는 그의 표정이 가관이었다.

"마…… 말도 안 돼."

카릴은 낮게 웃었다. 그러고는 멍한 표정의 그를 향해 담담하게 말했다.

"가게에 있는 가장 고위급 마법서를 가져와."

마법 도시 아조르에 나타난 천재 마법사.

보유한 마력의 양은 이미 중급 마법사에 도달했으며 현존하는 그 어떤 대마법사보다 빠르게 성장한 자. 이것은 어쩌면 최강의 마도사라고 불리는 카이에 에시르를 뛰어넘어 태초에 마법을 전파한 7인의 원로회급일지도 모른다는 소문.

······같은 건 없었다.

도시를 발칵 뒤집어놓을 수 있을 엄청난 사건은 어두운 지하의 한구석에서 발생했고 그 최초의 목격자인 바르고 시라는 이걸 말하고 싶어 입이 근질근질해 미칠 지경이었다.

'저 꼬마는 무조건 잡아야 한다. 저런 엄청난 자가 아무런 소속도 없다고?'

이거야말로 천재일우의 기회였다.

'가게 안에 마법서가 뭐가 있지? 아니지. 차라리 길드에 들게 해야겠어. 한 살이라도 더 나이가 들어 머리가 크기 전에 꼬드겨야 해.'

그리고 꿈같은 이 상황에 그는 정말로 야수를 길들일 수 있을 거란 허황된 꿈마저 꾸고 있었다.

"당신 길드?"

"그렇습니다. 이참에 경연회에도 나가보시는 게 어떠십니까. 저희가 할 수 있는 모든 지원을 해드리죠."

"흐음……."

"저번 마법 경연에서 구한 5클래스 마법서가 있습니다. 길드에 가입만 한다면……. 무상으로 그걸 제공해 드릴 수도 있습니다만."

"길드 이름이?"

바르고는 기다렸다는 듯 말했다.

"울카스입니다."

"흥미로운 제안이야. 확실히 아조르에서 5클래스 마법서를 구하는 건 쉬운 일이 아니니까. 하지만 일단 길드에 가입하는 건 고려해 봐야겠군. 조금 더 살펴보고 결정하겠어."

"물론이죠. 하지만 마법 도시 안에서도 저희만 한 길드가 없다는 건 보장하죠. 보유 마법사들부터 평판까지 만족하실 겁니다."

그는 자신만만하게 말했지만 카릴은 그의 말에 헛웃음을 짓고 말았다.

'이름도 기억 안 나는 소형 길드면서 저 자신감은 역시 우든 클라우드 때문인가. 뭐……. 수확은 있었군. 녀석이 베이커와 연관된 인물이라는 건 확인할 수 있었으니까.'

"그렇다면 여기서 구할 수 있는 마법서는 뭐가 있지?"

"마음껏 고르시지요."

바르고 시라는 당당한 표정으로 책장의 커튼을 젖혔다. 카릴은 빼곡하게 진열되어 있는 마법서들을 바라보며 가볍게 그 것들을 훑었다.

"4클래스급의 마법서들이군."

"하급 마법서들도 있습니다. 필요한 것들이 있다면 말씀하 시기 바랍니다. 속성별로 현존하는 대부분의 도서를 구비하고 있습니다."

"흐음."

카릴은 담담한 표정으로 책장에서 『풍마법 : 칼날 바람』을 꺼냈다. 3클래스 마법이지만 살상력이 매우 높아 마법회에서 는 취급하지 않는 마법서였다.

"정말 대부분을 가지고 있나 보군. 이건 꽤 보기 힘든데."

"이것뿐만이 아닙니다. 더 둘러보시죠. 아마 만족하실 겁니다."

"정말 이 정도 퀄리티라면 길드에 가입하는 것도 나쁘지 않 을 것 같은 생각이 들긴 하는군."

카릴은 살짝 입맛을 다셨다.

'그럼 그렇지.'

바르고 시라는 자신의 예상대로라 생각했다. 이 정도로 깔 린 마법서들에 눈이 돌아가지 않을 사람은 없을 터다.

"그럼, 한 가지 더 도와줄 수 있을까?"

"그게 무엇이죠?"

카릴은 들고 있던 마법서를 가볍게 두들기며 의미심장하게 웃었다.

"자."

카릴은 광장에서 자신을 기다리는 미하일에게 몇 권의 책을 던지다시피 건넸다.

"예?"

"마법서다. 너 속성이 풍 계열 맞지?"

"아, 네. 맞긴 한데……"

그는 이게 뭔지 몰라서 바라보는 게 아니라는 표정으로 고개를 갸웃거렸다.

"제가 언제 말씀을 드렸었나요?"

미하일의 물음에 카릴은 피식 웃었다.

"경연회는 언제지?"

"가장 빠른 게 일주일 뒤라고 합니다."

"주최는?"

"불멸회에서 하는 거라던데요."

카릴은 그의 말에 고개를 끄덕였다.

"첫 신청이니 비기너(Beginner)에서부터 시작할 테고……. 그 정도 등급이면 3클래스까지만 익혀도 충분하겠군."

경연회는 클래스에 따라 비기너(Beginner), 익스퍼트(Expert), 마스터(Master) 이렇게 세 개로 나뉜다. 비기너는 첫 진출자들 위주로 대부분 마법회에 입회한 지 2년이 안 되는 신입 제자들이 참가한다.

그 때문에 대부분의 마력은 4클래스 미만. 아직 마법사의 반열에 오르지 못한 사람들이었다.

"일주일 안에 그것들을 익히도록 해."

"네에? 일주일이요?"

미하일은 자신의 품에 들린 두툼한 마법서들을 들어 올리며 카릴에게 말했다.

공식적인 마법사로 인정받는 4클래스 이상부터는 익스퍼트에서 경연을 벌인다. 한때는 7인의 원로회가 만들었다는 3개의 초대(初代) 마법이 적힌 마법서를 우승 상품으로 내걸고 마스터 대회를 연 적도 있다.

하지만 역대 우승자들 중에 그 마법을 익힐 수 있는 자가 없었다. 그로 인해 마스터 대회는 이름만 남았을 뿐 몇 년 동안 참가하는 자 없이 유명무실한 상태였다.

즉, 참가자가 많은 대회는 비기너 경연이었다.

"말도 안 되는 소리 하지 마십시오."

미하일은 어처구니없다는 듯 말했다.

검을 쓰는 자신에게 마법 경연을 나가라는 말도 안 되는 요구도 고용주이기 때문에 들어주었다. 하지만.

'이번엔 마법을 익히라고?'

마법에 대해 그리 해박하지 않은 그라도 기초 마법 하나 익히는 데에 수개월이 걸린다는 것쯤은 알고 있었다.

일주일에 몇 개씩 마법을 익힐 수 있다면 세상에 마법사가 되지 못하는 사람이 누가 있겠는가?

"에이단이 도와줄 거야. 마법사 반열까진 아니지만, 꽤 컨트롤이 좋거든. 그렇지?"

"네? 아…… 네?"

아무렇지 않게 말하는 카릴의 모습에 에이단은 화들짝 놀라며 대답했다. 아마도 어떻게 대처를 해야 할지 고민 중일 거다.

'개략적인 마력 운용이나 시기를 봤을 때, 에이단의 마력은 3클래스에 도달했을 거다.'

수년 뒤, 그는 올리번의 명에 의해 정보 단체인 유성(Astra)을 조직하지만, 아쉽게도 그의 마력은 3클래스에서 더 이상 올라가진 못했다.

'만약 녀석의 검술이 4클래스의 마력까지 도달했다면 암살자 중 최초로 소드 마스터의 경지에 도달했을지도 모르겠군.'

"제가 어떻게……."

"세세하게 가르치려고 할 필욘 없어. 기초적인 것만 알려준다면 나머진 알아서 잘할 거야."

마치 자신보다 자신에 대해 더 잘 알고 있다는 투로 말하는 카릴의 모습에 미하일의 표정이 굳어졌다.

'에이단이라면 충분하겠지. 암살 수업을 받은 그라면 마법

사들보다 오히려 실전에 더 필요한 기술들을 알고 있을 테니까.'

"제가 어떻게……."

조금 전과 똑같은 말이었지만 이번엔 다른 사람이었다.

"일단 해봐. 지금 마력 수치가 어떻게 되지? 마력혈을 몇 개나 뚫었어?"

"지금 3개입니다. 하지만 1클래스 보조 마법들은 지속이 가능하지만 2클래스를 쓰게 되면 순식간에 마력 고갈이 와서 무리입니다."

미하일은 카릴의 물음에 조심스럽게 대답했다.

"어떻게 생각해?"

"네?"

에이단은 자신을 바라보는 카릴을 향해 고개를 돌렸다.

"태어날 때 1개의 마력혈이 뚫리면서 마력을 느끼고, 2개가 뚫렸을 때 1클래스, 3개가 뚫렸을 때 2클래스 유저가 되지?"

"그렇습니다."

"하지만 클래스에 도달했다고 해서 완벽하게 마스터하는 건 아니지. 말 그대로 그건 쓸 수 있는가의 기준이 될 뿐이니까."

"……."

"지금 뚫린 마력혈은 3개. 강제적으로 마력혈을 더 뚫는 건 불가능하겠지만 3클래스의 마법을 익히는 건 가능하지 않을까?"

"그, 그건……."

에이단 하밀은 순간 머뭇거렸다.

그건 상식적으로 불가능한 일이었다. 원래대로라면 당황하지 않고 그렇게 대답했을 것이다.

하지만 자신을 바라보는 카릴의 날카로운 눈빛에 그는 그만 타이밍을 놓치고 말았다.

'뭐지? 왜 그걸 나한테 묻는 거야. 설마 그것까지 알고 있는 건 아니겠지.'

상식이 아닌 비상식, 평범하지 않은 방법이라면 하나 있긴 했다.

바로 마력변형(魔力變形).

에이단 하밀의 출신지인 암연(黯然)에서만 습득할 수 있는 비전술. 그의 스승이 신체변형술과 함께 가르쳐 준 비기였다.

마력혈을 뚫는 것은 결코 쉬운 일이 아니다. 그렇기에 자신이 가진 마력의 속성을 비틀고 응축시켜서 일순간에 마력혈을 뚫어 클래스를 높이는 것이다.

암살에 특화된 그에게 걸맞은 능력이지만 너무 도박성이 짙기 때문에 에이단조차 실전에서 써본 적이 없었다.

'3클래스 유저인 네가 소드 마스터들과 동등하게 싸울 수 있었던 건 빈틈을 잘 노리는 암살자이기 때문이라는 것도 있겠지만, 제일 정확한 건 4클래스급의 마나 블레이드를 사용할 수 있다는 것 때문이었지.'

카릴은 그가 이 기술로 숱한 전장에서 살아남은 것을 봐왔다.

"동쪽 출신이라고 했던 것 같은데. 동방국에는 제국과 다르게 마력을 변형하는 방법을 배운다고 들어서 말이야."

아무렇지 않게 말하는 카릴이었지만 그의 눈빛은 날카로웠다.

"아…… 그런 비전이 있긴 합니다."

"할 수 있나?"

에이단 하밀은 빠져나갈 수 없다는 것을 직감했다.

'제길, 역시 뭔가 있어. 뭐 좋아. 마력변형이 방법만 안다고 익힐 수 있는 것도 아니고……'

빠르게 머리를 굴린 하밀은 고개를 천천히 끄덕였다.

'기초적인 것만 알려주면 헤매다가 결국 포기하겠지.'

게다가 남은 시간이라고 해봐야 일주일. 암연(黯然) 출신의 아이들은 어릴 때부터 선별되어 특수한 훈련을 받는다.

그런 수년의 고된 기간을 거치고 나서야 익힐 수 있는 비기였다.

'그런 걸 이런 곳에서 대충 배워서 익힌다?'

말도 안 되는 일이다. 될 리가 없다.

"방법이라면 알고는 있습니다."

에이단 하밀은 비소를 지으면서 대답했다.

"다행이군. 역시 널 데려온 게 잘한 일인 것 같군. 미하일에게 그걸 가르쳐 주도록 해."

"알겠습니다."

그의 꿍꿍이를 아는지 모르는지 카릴은 만족스럽다는 얼굴을 지었다.

"어때?"

에이단 하밀은 눈앞에 펼쳐진 광경에 입을 다물지 못했다. 그리고 그건 당사자인 미하일도 마찬가지였다.

"이…… 이게 어떻게……."

잘려 나간 나무의 단면이 칼로 벤 것처럼 깨끗했다.

조금 전 그가 시전한 마법은 풍 계열의 3클래스 마법인 칼날 바람이었다.

"……되네?"

미하일은 스스로도 황당하다는 듯 자신의 손바닥을 펼쳐 보이면서 중얼거렸다.

'솔직히 놀랍군. 그의 재능은 알고 있었지만, 전생에선 마법을 익히지 못해 어느 정도인지 가늠을 할 수 없었는데…….'

천재. 그렇게밖에 설명을 할 수 없었다. 이런 재능의 소유자가 전생에는 안타깝게 능력을 꽃피우지 못하고 죽었다.

카릴은 생각했다.

'이 정도라면…….'

자신이 미래에 구상하고 있는 부대의 한 자리를 그에게 믿고 맡길 수 있을 것이다.

'그리고 내가 모르는 미하일과 같은 자들도 분명 존재하겠지.'

전생과 똑같은 길을 걷지 않기 위해선 현생에서 새로운 길을 걸어야 한다.

그리고 그 방법 중 하나가 인재 발굴이라는 것을 잘 알기에 카릴은 미하일을 선택한 것이다.

"스승이 훌륭해서 그렇겠지. 안 그래? 에이단."

"하…… 하하……. 네."

에이단 하밀은 카릴의 말에 웃을 수도 울 수도 없는 표정으로 대답했다.

'미친, 이게 가능해? 일주일은커녕 사흘 만에 3클래스 변형에 성공하다니.'

그는 당장에라도 소리치고 싶었지만 카릴의 눈치를 볼 수밖에 없었다.

"그런데……. 카릴 님도 경연회에 참가하신다고 하셨는데……. 그럼 저와 같은 비기너에서 경연하시는 겁니까?"

"아니."

카릴은 미하일의 물음에 가볍게 웃으며 품 안에서 붉은색 종이를 흔들었다. 봉투 표면에는 짙은 푸른색 인장이 찍혀 있었다.

두 사람은 그것을 바라보며 눈을 크게 떴다.

"……!!"

그건 다름 아닌 울카스 길드의 공식 경연 추천장.

"익스퍼트(Expert)."

"익스…… 퍼트 경연이라구요?!"

에이단 하밀은 카릴의 말에 놀라지 않을 수 없었다.

'거짓말. 익스퍼트(Expert)라면 최소 4클래스의 유저들이 참가하는 대회잖아. 저 꼬마가 마법사의 반열에 올랐단 말이야?'

믿을 수 없다. 미하일은 모르겠지만 에이단 하밀은 카릴의 전투를 봤었다.

무법항의 큐란을 죽인 실력. 그건 분명 검술로 압도한 승리였다.

'설마 저 나이에 소드 마스터라도 된다는 말인가. 말도 안 되는 일이야.'

현존하는 다섯 명의 소드 마스터뿐만 아니라 과거를 통틀어 검의 길을 걷는 자 중에 최고라고 알려진 크롬조차도 열다섯은 되어서야 경지에 올랐다고 알려져 있다.

'대륙 역사상 이런 적은 없었어.'

에이단은 마른침을 삼켰다.

만약 정말이라면……. 존재하는 모든 기록을 뒤집어 버릴 엄청난 일이 아닐 수 없었다.

"그렇게 너무 놀랄 필욘 없다. 아직 마법사가 될 만큼의 마력혈을 뚫진 못했으니까."

"……네?"

표정을 들킨 에이단이 카릴의 말에 당황해하며 되물었다.

지금까지 자신의 페이스대로 임무를 수행했던 자신이었는데 어째서인지 카릴의 앞에서만 자꾸 흐트러지고 있다.

애써 속내를 숨기려 했지만 이미 늦었다. 카릴은 그의 어깨를 가볍게 두들기며 말했다.

"남은 시간 동안 그를 부탁한다. 나는 잠시 볼일이 있어 다녀올 테니까."

"아, 알겠습니다."

에이단은 꾸벅 그에게 대답했다.

'아직 너에겐 뽑아낼 것들이 많으니까. 조금 더 노력해 주라고.'

그런 그를 바라보며 카릴은 옅은 미소를 지었다.

아조르의 외각. 카릴은 일부러 도시를 벗어나 깊은 안쪽으로 들어갔다.

'흠, 이쯤이면 괜찮으려나.'

그는 주위를 살폈다. 느껴지는 인기척은 없었다.

'마법사 대부분이 거주하는 아조르에서 이런 숲에 올 사람은 기껏해야 성에 땔감을 대는 인부들뿐일 테니까.'

울창한 나무들 사이에서 그는 고개를 끄덕였다.

용의 심장으로 얻은 마력 때문에 바르고 시라를 속여 익스퍼트 경연에 출전할 수 있었지만, 실제로 그의 몸에 뚫린 혈맥은 2개뿐이다.

원칙대로라면 겨우 1클래스의 유저일 뿐이었다.

'내가 쓸 수 있는 것은 아인헤리에서 익힌 1클래스의 보조 마법과 기초 마법까지다.'

가게를 찾아서 마법서를 구입한 것은 애초에 미하일 때문이었다.

'정상적인 방법으로는 마법을 익히지 못한다. 마력혈을 뚫으면서 마력을 축적시키는 일반인들과 달리 나는 그 반대니까.'

그럼에도 불구하고 그가 익스퍼트 경연에 참석한 이유는 따로 있었다.

'마스터(Master) 경연의 참가자격.'

4클래스에 도달하여 마법사의 반열에 올라야 마스터 경연에 참가할 수 있는 최소한의 자격이 주어진다.

지금 상황에서 마력혈을 뚫을 방법을 찾지 못한 그에겐 불가능한 일로만 보였다.

하지만.

'익스퍼트 경연에서 우승하면 된다. 마법사들을 찍어 누르고 그 실력을 실전에서 증명할 수만 있다면 다른 측정 없이 바로 마스터 경연에 참가할 수 있게 되겠지.'

거기에 그의 목적이 있었다.

'7인의 원로회가 만들었다는 초대(初代) 마법.'

카릴은 기억을 떠올렸다.

'이곳이 폐허가 되기 전에 그 3개의 마법을 내가 얻어야 한다.'

전생에 그 마법을 쓸 수 있는 자는 아무도 없었다.

[이게 아직도 남아 있다니. 놀랍군. 250년 전에 카이에 에시르가 했던 말이 농담인 줄 알았는데 말이야.]

"무슨 말을 했는데?"

괴물들의 시체가 산을 이루고 있는 폐허가 된 아조르에서 나르 디 마우그는 쓸쓸한 웃음을 지으면서 말했다.

찬란한 마법의 위상을 꽃피우던 마법 도시의 모습은 온데간데없이 사라지고 도시를 세웠다고 알려진 7인의 원로회를 상징하는 첨탑들은 모조리 부서진 지 오래였다.

끝까지 도시를 수호하려던 마법사들의 시체들이 갈기갈기 찢겨 괴물들과 함께 묻혀 있었다.

[그자가 그랬었지. '태초에 인간에게 마법을 알려준 존재는 드래곤이다'라고.]

"뭐?"

[지금도 나 말고 다른 드래곤들은 대륙의 일에 무관심하니까. 인간과의 관계가 우호적이라 생각지는 않거든.]

"흐음……."

[솔직히 우리도 잊고 있었던 이야기다. 그리고 인간에게 누

가 마법을 가르쳐 주었든 무슨 상관이겠어. 인간의 마력이야 보잘것없고 우리를 위협할 수 없는데 말이야. 지금처럼 무관심할 수밖에.]

그는 폐허의 잔해를 뒤지면서 말했다.

[물론, 카이에 에시르 같은 별종도 있지만 말이야.]

"그런데 그게 무슨 상관이지?"

카릴은 검을 두 팔 사이에 끼고서 팔짱을 낀 채로 낮은 목소리로 물었다.

[그래. 그게 상관이겠어. 그런데 여기에 용마법이 있을 줄이야. 그것도 드래곤인 나의 기억에서조차 지워진 마법이 아직 남아 있다니.]

그는 잔해 속에서 무언가를 끄집어냈다.

시커멓게 타들어 간 마법서.

우우우웅······!!!

형체를 알 수 없는 것이었지만 그가 자신의 마력을 불어 넣자 놀랍게도 언제 그랬냐는 듯 빛을 뿜어내기 시작했다.

"7인의 원로회가 드래곤의 제자이기라도 했단 말인 건가······."

카릴은 그 광경에 신기했지만 별 관심을 가지진 않는 모습이었다.

애초에 마력이 없는 몸이었으니까.

마법은 자신과는 거리가 먼 이야기라고 생각했다.

[그 반대일 수도 있지.]

나르 디 마우그는 마법서를 빙그르르 돌리며 말했다.

[7인의 원로회라는 자들이 드래곤이었을지도.]

카릴은 천천히 의식을 집중했다. 마력혈에서 느껴지는 충만한 마력이 서서히 두 팔을 타고 손가락 끝에 모였다.

"염지(炎指)."

펼친 손가락 위로 작은 불꽃이 일었다.

가장 기초적인 화염계 마법.

'생성된 불꽃을 구체 형태로 만드는 것이 화구(火球), 화살의 형태로 만드는 것이 화시(火矢).'

두 개 모두 1클래스 마법. 기껏해야 궁병의 불화살 정도의 위력에 불과한 공격 마법이었다.

'하지만 카이에 에시르의 마법은 1클래스라는 말이 무색할 정도로 엄청난 위력을 가졌지.'

카릴은 손바닥을 펼쳐 천천히 앞으로 내밀었다.

'일반적인 마법은 여기서 바로 화구를 날린다. 하지만 카이에 에시르는 달랐다.'

그는 마치 단계를 밟아가듯 무영창의 마법으로 위력을 중첩시켰다.

'염지, 점화, 열기, 발화.'

4단계에 걸친 중첩 이후 그가 쓴 화구와 화시는 말 그대로 상식을 뛰어넘는 엄청난 위력을 발현했다.

'제국인이라면 모두 배울 수 있는 생활 마법 중의 하나이다.'

그러나 그 어떤 마법사들도 최하위 마법을 통해 마력을 중첩시킨다는 개념을 생각하지 못했다.

'아니, 할 수 없는 거겠지.'

고위급 마법사들이 가지는 자존심. 그들은 더 높은 클래스의 마법이 무조건 더 강하다는 선입견을 가지고 있었다. 그렇기 때문에 언제나 마법사들은 자신이 보유한 마력의 양에만 집중했다.

'그래서 만들어진 것이 에이단의 마력변형과 같은 술법들.'

물론, 그 자존심에서 만들어진 개념들이 완전히 틀린 것만은 아니다. 외부에서 응축시키는 마력의 양보다 차라리 몸 안의 마력을 응축시키는 것이 안전하고 소모되는 양도 적다.

그리고 그 생각을 뒤집은 것이 카이에 에시르.

'더 강한 마법을 쓰기 위함은 같지만, 방법은 완전히 다른 체계다.'

발상의 전환. 하지만 그 전환을 수행하기 위해서는 제약이 존재한다.

카릴은 태어날 때부터 마력과의 친화력이 있던 것이 아니라 갑작스럽게 마력을 얻었다. 전문적으로 마법을 배우기는커녕 마력조차 없었던 그였기 때문에 이러한 생각을 아무렇지 않게 받아들일 수 있었다.

'솔직히 말해서 자존심을 버리고 말고의 것이 아니지.'

카이에 에시르의 방식은 그만큼 방대한 마력을 가지고 있어야 가능한 것이었으니까.

꽈드득-

카릴은 손바닥을 쥐었다가 폈다.

그런 점에서 그는 그 어떤 제약도 받지 않는다. 주체할 수 없을 정도의 넘치는 마력이 지금 마력혈에서 들끓고 있었으니까.

'게다가 지금의 난 미하일처럼 마법에 대한 이해도가 높지 않다. 복잡한 수식들과 원리를 지금 당장 익히는 것은 불가능하다.'

결국, 자신이 가장 완벽하게 할 수 있는 마법인 1클래스로 승부를 봐야 한다는 것. 보통의 사람들이 이런 얘기를 듣는다면 모두 미쳤다고 할 것이다.

클래스의 차이는 곧 위력의 차이. 그건 화염 앞에서 성냥불로 싸우는 것과 똑같은 말이었다.

'하지만, 해답은 이미 알고 있으니까.'

카릴은 의미심장한 표정을 지었다. 레드 드래곤 리세이라의 기억 속에서 이미 그것을 발견했으니까.

"클래스를 나누는 것 자체가 바보 같은 짓이지. 1클래스의 마법에 5클래스의 마력을 쏟아부으면 그걸 1클래스 마법이라고 할 수 있냐 이 말이야."

카이에 에시르가 했던 말을 카릴은 떠올렸다.

'그리고 5클래스의 마력이 아니라 6클래스, 7클래스의 마력을 중첩시킬 수 있다면?'

콰득…… 콰드드득……!!

"점화(點火)."

그의 손바닥 위에 만들어진 불꽃이 마치 당장에라도 폭발할 것처럼 붉은빛을 뿜어내기 시작했다.

촤악--!!!

"열기(熱氣)."

카릴은 기억을 되짚으며 카이에 에시르가 했던 영창을 순차적으로 나지막하게 읊었다.

"크윽?!"

그때, 그는 마지막 발화(發火)의 단계가 남은 시점에서 극심한 격통을 느꼈다.

츠즈즈즉……!

그 순간 탐욕의 팔찌에 달린 보석이 번쩍였다. 그러자 응축되었던 마력이 팔찌에 흡수되기 시작했다.

"후우……."

마력이 팔찌에 흡수되자 통증은 사라졌지만, 그 때문에 시전했던 화염마저 사라지고 말았다.

'두 개의 마력혈에서 한계 이상의 마력을 시전하게 되면 안

정화를 위해 팔찌가 발동한다.'

탐욕의 팔찌는 들끓는 자신의 마력을 진정시켜 주지만 반대로 한계 이상을 뛰어넘지 못하게 하는 장애물이기도 했다.

'내가 해결해야 할 일은 이거다.'

그는 다시 한번 마법을 시전했다.

"염지(炎指)."

손가락 끝에서 생성된 작은 화염이 일렁이기 시작했다.

"냉지(冷指)."

그리고 반대쪽 손을 펼쳐 다시 한번 마력을 응축시켰다.

부르르르……

그의 손이 가볍게 떨리더니 작은 얼음 결정들이 생겨났다.

'역시……'

카릴은 고개를 끄덕였다.

자신의 예상대로 한 가지 속성을 응축시키는 것이 불가능하다면 두 가지의 속성 마법을 동시에 한계치에 가깝게 시전한다.

"후우……"

두 가지 속성의 마법을 동시에 시전하는 것만으로도 마법계에 엄청난 파장을 일으킬 수 있을 것이다.

"점화(點火)."

다섯 개의 불꽃이 폭발하듯 커졌다.

"빙결(氷結)."

그와 동시에 반대 속성의 마법을 끌어 올렸다.

"열기(熱氣)."

콰드득……:

카릴이 손에 힘을 주자 위태로웠던 불꽃은 마치 반대 속성의 힘에 누그러지듯 안정되기 시작했다.

'됐다!'

그의 손바닥이 불에 달궈진 것처럼 시뻘겋게 변했다.

"냉기(冷氣)."

콰가가가가……!!!

냉기를 시전한 반대쪽 손에서 수증기처럼 새하얀 김이 일어나더니 두 개의 속성이 서로 싸우듯 그의 몸 안에서 일렁이기 시작했다.

'할 수 있다.'

카릴은 그 모습을 보며 자신도 모르게 쾌재를 외쳤다.

무색의 속성. 본인이 가진 마력의 속성으로 스스로의 한계를 뛰어넘고자 하는 것이었다.

검을 쓰는 그가 어째서 마력만으로 싸우는 경연에 집중하는 것일까. 단순히 전생에 얻지 못했던 힘이기 때문이 아니다.

'7인의 원로회가 정말로 드래곤이었다면 그들이 남긴 마법을 인간이 배우지 못하는 것도 당연한 일일 것이다.'

카릴은 새하얀 김이 솟아오르는 자신의 손바닥을 바라보며 생각했다.

'초대 마법이 드래곤의 마법이라면…….'

대륙 그 누구도 동시에 두 가지의 속성을 쓸 수 있는 마법사는 없다.

그것으로 끝이 아니다. 용의 심장을 먹고 환골을 한 카릴은 인간의 범주에 있는 마법의 속성을 가지지 않았다.

비록 당장은 기초 마법밖에 쓸 수 없었지만, 그는 현존하는 5대 속성의 마법을 모두 다룰 수 있다. 그가 가진 마력은 말 그대로 용마력이라 할 수 있었다.

그것은 곧.

'오직 나만이 초대 마법을 익힐 수 있다.'

카릴의 눈빛이 빛났다.

▶Chapter 5◀

"그거 봤어? 어제 낙뢰 떨어지는 거."

"당연하지. 그것뿐이겠냐. 그저께는 동쪽 숲에서 엄청난 불이 났었잖아."

여관의 펍 안에 모인 사람들의 대화가 시끌시끌했다.

"그런데 마법사들이 불을 끄러 갔을 땐 또 불씨조차 없는 상황이었다면서?"

"도대체 무슨 조화인지 이게……."

그들의 대화의 주제는 한 가지뿐이었다.

"뭐…… 마법회에서 조사한 결과는……."

아조르에서는 며칠 동안 괴소문이 돌았다.

마른하늘에 갑자기 벼락이 떨어졌다는 이야기도 있었고, 어디는 얼어붙고 어디는 불이 타기도 했으며 가끔 지진처럼 땅이 흔들리기도 했다는 것이다.

아조르의 영주인 파시오는 도시에 상주하고 있는 마법회의 마법사들에게 원인을 파악하길 요청했다.

하지만 여명회의 마법사 불멸회의 마법사도 사건의 현장에서 얻은 것은 미약한 마력의 잔해뿐이었다.

"이 정도의 피해라면 최소 4클래스 이상의 마법일 겁니다."

"무슨 소리 하는 거야. 남아 있는 마력의 잔해는 기껏해야 1클래스를 웃도는 정도인데. 4클래스 이상이라면 훨씬 더 농도 짙은 마력이 남아 있어야 한다."

"자연재해일 가능성은 없습니까?"

영주의 부하가 마법사들을 향해 물었지만 이내 곧 두 사람 모두 고개를 저었다.

"인위적으로 만들어진 것이 아닌 이상 마력이 느껴질 리가 없습니다."

"이 위력, 누군가 인위적으로 마력의 흔적을 지운 게 틀림없다."

"말도 안 되는 소리. 흔적을 지우려면 적어도 6클래스 이상이어야 한다. 상급 마법사가 무슨 이유로 이런 짓을 하지?"

의견이 분분했다.

"애초에 모든 상급 마법사는 마법회 관할 아닌가? 지금 아조르에 상급 마법사가 있다는 보고는 듣지 못했는데. 여명회는 제대로 관리도 하지 않나 보지?"

사건을 조사하러 온 마법사들은 어째서인지 자존심 싸움으로 번졌고 결국 두 마법회의 불화만을 조성하고 말았다.

"그럼 당신 머리야말로 정상이 아니군. 저 클래스의 마법으로 이만한 피해를 만들 수 있을 거라고 생각해?"

"……뭐?"

서로 눈에 불을 켜고 쳐다보는 마법사들. 애초에 경연을 통해 실력을 뽐내기 위해 모인 자들이었다.

결국은 라이벌. 기선제압이 필요한 상황이다.

"그럼 이걸 뭐로 설명할 수 있는데!"

"그러는 자네야말로!! 납득이 가능한 증거를 보이란 말이야!!"

사건을 조사하고 서로의 의견을 존중하기보다는 깎아내리기 바빴다.

"후우……."

도시의 관료는 그들의 모습을 바라보며 낮은 한숨을 내쉬었다.

결국, 그들이 실랑이를 벌이며 머리를 맞대고 내린 결론은 관료가 처음 말했던 자연재해였다.

'흐음, 나름 조심한다고 했지만……. 그래도 다행이야. 마법회 녀석들의 성격이 저래서 말이지.'

여관에 모인 사람들의 대화를 귀담아들으며 카릴은 가볍게 고개를 끄덕였다.

자연재해라니. 마법을 탐구하고 대륙에서 가장 현명하다고 자칭하는 자들이 내린 결론이 고작 그거였다.

'자신들이 알 수 없는 것은 그저 재해라 칭하는 건 예나 지

금이나 똑같다니까.'

앞으로 있을 전쟁도, 내려질 신탁도.

결국 스스로를 현자라 칭하는 마법사들은 모든 사건을 인간의 힘으로는 어쩔 수 없는 일이라 치부하고 만다.

'그거야말로 떠넘기기 좋은 핑계지.'

카릴은 쓴웃음을 지었다.

"여어, 어때. 준비는 잘 되던가? 자, 이게 길드의 징표일세. 이걸 달고 출전을 해주면 좋겠군."

자신의 앞에서 들리는 목소리에 카릴은 천천히 얼굴을 들었다. 히죽거리는 바르고 시라는 넝쿨째 들어온 복덩이에게 온갖 기대를 하는 눈빛이었다.

속물. 그런 그의 모습에 카릴은 비소를 지으며 그가 건넨 징표를 받았다.

"그러지. 그런데 얼마나 걸었지?"

"음?"

"우리끼리 숨기진 말지. 경연회가 끊이지 않는 이유가 단순히 마법회의 실력 경쟁 같은 순수한 목적이 아니란 건 다 아는 사실인걸."

카릴은 징표를 가슴에 달면서 아무렇지 않게 말했다.

"내 이름으로 얼마나 걸었냐는 말이야."

"하, 하하하!"

그의 말에 바르고는 못 당하겠다는 호탕하게 웃었다. 그 웃음이 하도 커서 주변 사람들의 시선이 그에게 쏠렸다.

"배당금 100골드. 익스퍼트 첫 경기에 이 정도로 거는 사람
은 없지."

하지만 카릴의 반응은 차가웠다.

"적군."

"……에?"

"나도 나름 조사를 해봤지. 첫 경기라도 최대 500골드까지
걸 수 있다고 하던데."

그의 말에 바르고의 얼굴이 구겨졌다.

'미친놈 아냐? 500골드가 남의 집 개 이름도 아니고……. 아
무리 마력측정기를 부숴 버렸다고 해도 내가 뭘 믿고?'

바르고의 눈에 카릴은 아직 어렸다. 나이에 비해 엄청난 마
력을 가지고 있다는 것은 인정하지만 실전은 명백히 다르다.

'아무리 마력이 많아도 그걸 제대로 활용하지 못하면 소용
없는 일.'

그는 나름대로 머리를 굴렸다.

대진표를 보니 마법회와 불멸회의 마법사들 중에 4클래스
유저들이 있었다. 게다가 그 둘은 바르고도 이름을 알고 있는
사람들이었다. 처음 출전하는 것도 아니고 경험도 뛰어난 자
들이라 분명 결승은 그 두 사람의 몫이 될 것이다.

'우승은 무리.'

패배를 한다고 하더라도 그로서는 나쁘지 않다.

'이미 길드에 가입되어 있다. 패배를 계기로 잘 꼬드기면 내 사람으로 만들 수 있겠지.'

그렇기 때문에 바르고는 적당한 선에서 돈을 걸었다. 기대를 하고 있다는 성의를 보이면서도 잃어도 감수할 수 있을 정도의 금액을.

"큰돈을 벌 수 있는 기회인데 아깝군. 개인이 걸 수 있는 건 비기너 경연뿐이라서 말이야."

"역시 자신만만한 게 마음에 들어. 그 정도 패기면 우승도 노려볼 만하겠는데?"

카릴은 입에 발린 소리라는 걸 알고 있었다.

'이런 곳에서 오래 시간을 끌 생각은 없다. 해야 할 일은 많고 얻어야 하는 것 역시 많으니까.'

우승. 정상에 도달하는 것.

모두가 꿈꾸는 단어이고 얼마나 대단한 일이겠느냐마는 카릴로선 그저 하나의 관문에 지나지 않았다. 전생에서 그는 많은 마법사와 싸웠었다.

특히, 올리번이 즉위한 뒤. 신탁이 내려지기 이전에 대륙을 통합하려는 제국 전쟁에서 그는 전장의 최전선에 나섰으니까.

물론, 검의 정점에 섰던 그때와 다르다.

'하지만 지금의 나라도 마법 없이 4클래스 마법사들을 상대하는 건 어렵지 않다.'

비록 완벽하게 육체가 단련되지 않은 그라도 지금 그가 상대해야 할 적들 역시 약한 자들뿐이었다.

'그들에 비한다면 보잘것없는 수준.'

최상급 마법사들에게 포위당했던 팔치온 대전부터, 대륙에 4명뿐인 대마법사 중 한 명인 루레인 공국의 데릴 하리안과의 대결까지.

정말로 그의 목숨을 위태롭게 만들었던 기억들이 생생하게 남아 있었다.

'그곳에서도 결국 살아 돌아온 것은 나.'

"시작됐군."

광장에 커다랗게 만들어진 수정구에서 비기너의 경기 영상이 나타났다. 카릴은 그것을 바라보며 자리에서 일어섰다.

"슬슬 경기장으로 가봐야겠군."

"기대하고 있다고."

바르고의 말에 피식 웃으며 그는 수정구에 나타난 한 사람을 가리키며 말했다.

"뭐, 그것보단 지금 나온 녀석에게 돈을 걸어봐. 재밌는 일이 생길 테니까."

긴장이 역력한 얼굴로 대회장에 선 남자.

미하일이었다.

'순조롭군.'

대기실에 앉아 있던 카릴은 비기너 경연 준결승에 진출한 선수의 명단을 바라보며 고개를 끄덕였다.

당연한 일이지만 4명의 이름 중에 미하일의 이름이 정확히 새겨져 있었다.

"경연회도 이제 한물갔군. 비기너 녀석들과 똑같은 경기장을 쓰다니 말이야."

"게다가 어째서 초짜들이 먼저 경기장을 쓰는 거야?"

"어쩔 수 없는 일이지. 메인 경기 전의 들러리들이라고 생각하게."

"훙……."

카릴은 경기장이 정돈되기를 기다리는 선수들의 대화를 가만히 듣고 있었다. 그들 중에 4클래스 이상의 마력이 느껴지는 자들은 없었다.

이제 막 마법사의 반열에 오른 자들. 하지만 그 정도도 대륙에서는 흔하게 볼 수 있는 것이 아니었으니 그들의 콧대는 하늘을 찔렀다.

"젠장, 그나저나 나가기 싫어지는군. 어차피 결승은 정해져 있으니까."

"어쩔 수 있나. 마법회 녀석들……. 언제나 접수 마지막 날에 참가 신청을 하는걸. 우리 같은 자유 마법사들은 그저 그들을 피할 수 있길 바라야지."

"다들 살살 하자고. 어차피 목적은 마법회 스카우터들의 눈에 띄는 거잖아."

로브를 눌러쓴 남자가 말했다.

"자네도? 자넨 어딜 생각하고 있는데?"

"마법회라면 역시 여명회지. 대륙에서 분파도 가장 많고 말이야. 내 스승님도 여명회 분파 중 하나에 계셨지."

"무슨 소리. 마법회라면 불멸회지. 상아탑이 안티홈 대도서관의 방대한 마법서에 비할 바가 되겠어? 마법사라면 모름지기 마법을 탐해야 하는 법이라고."

"그럼 뭐 해? 저주술이나 배우는 족속들이 인류를 윤택하게할 리가 없지."

처음에는 좋게 좋게 대화를 나누던 이들도 어느샌가 마치자신들이 이미 그 마법회 소속인 것처럼 언성을 높이기 시작했다.

"……."

카릴은 그런 모습을 바라보며 낮은 한숨을 내쉬었다.

'마법사란 인간들은 하나같이 변한 게 없군. 저런 걸 보고있자니 그 녀석이 생각나는 건 어쩔 수 없는 일인가…….'

신탁이 내려진 뒤. 카릴은 전쟁을 위해 본인이 직접 선별한독자적인 부대를 만들었다.

자신의 등을 맡길 수 있는, 과거에도 그리고 현재에도 믿을수 있는 유일한 열 명.

미하일의 경우는 그들과 다르다. 우연히 나르 디 마우그가 그의 재능을 발견하고 카릴에게 말해줬던 것뿐이니까.

그가 어떻게 성장을 할 것인지는 미지수. 하지만 지금 경연의 결과를 보더라도 그는 자신의 몫을 톡톡히 해낼 것이다.

'언젠가 그들을 만나게 되겠지.'

카릴은 쓴웃음을 지었다. 황제를 위해, 대륙을 위해, 인류를 위해 싸우고 또 승리를 쟁취한 자신들에게 남은 것은 죽음뿐이었으니까.

'이번엔 다를 것이다.'

카릴은 차가운 눈빛으로 실랑이를 하고 있는 마법사들을 바라봤다.

[지금부터 익스퍼트(Expert) 경연을 시작합니다!! 이번 경기의 주최자이신 여명회의 상급 마법사 타피오 경의 말씀이 있겠습니다.]

대기실의 문이 열리고 입구에서 들려오는 사회자의 말이 끝남과 동시에 귀가 먹먹해질 정도의 환호성이 터졌다.

와아아아아---!!!

[태초부터 존재했다고 전해지는 7인의 원로회 이후 아조르에선 수많은 마법사가 탄생했습니다. 250년 전, 최강의 마도사

라 불린 카이에 에시르 역시 아조르 경연의 우승자이기도 합니다.]

확성기에서 들려오는 노마법사의 목소리가 경기장에 울렸다.

[지금 이곳의 도전자들 중, 과거의 영광을 재연할 대마법사의 제목이 있을지도 모르는 법. 각자의 재량을 마음껏 펼치도록.]

경기장의 열기는 뜨거웠다. 하지만 관객의 눈동자에서는 단순히 마법에 대한 열의만이 느껴지는 것은 아니었다.

일종의 광기. 카릴은 그 눈빛 속에 담긴 의미가 무엇인지 잘 알고 있었다. 그가 타투르의 투기장에 투사로 도전했을 때, 경기장 안의 자신을 유희거리로 바라보던 자들의 눈빛과 똑같았다.

'저 모습을 보니 한심하군. 여기가 타투르와 뭐가 다른가. 고상한 척하지만 아조르의 사람들도 결국 매한가지야.'

그러고는 무대를 바라봤다.

승자의 포상으로 주어지는 5클래스 마법서. 이미 그것의 주인은 정해져 있다는 듯 단상에 내려오는 노마법사의 표정은 흐뭇했다.

'딱히 관심은 없지만……'

마법서의 표지에 박힌 푸른색의 보석을 슬쩍 바라보며 카릴은 미하일을 떠올렸다.

'일단 받아가 볼까.'

카릴은 울카스 길드에서 빌린 싸구려 스태프를 한 바퀴 돌리면서 앞을 바라봤다.

[지금부터 익스퍼트 경연을 시작합니다!!]

카릴의 실력을 보기 위해서 바르고 시라가 손을 쓴 걸까.

카릴은 첫 번째 경기에 출전하게 되었다. 상대는 조금 전 수다를 떨던 마법사들 중 하나였다.

챙이 넓은 모자를 쓰고 있던 곱상하게 생긴 남자는 누가 뭐라 해도 전형적인 마법사였다.

우우우웅……!!

스태프를 움켜쥐고 긴장한 표정으로 마법을 영창하기 시작하는 남자. 주위에 생성되는 마법진이 중첩되기 시작했다.

'적당히.'

카릴은 영창에 집중하고 있는 남자를 향해 가볍게 달렸다.

"……!!"

그러고는 들고 있던 스태프를 양손으로 쥐고서 남자의 다리를 후려쳤다.

우드득-!!

둔탁한 소리와 함께 스태프가 부서졌다. 동시에 남자의 다리가 기묘한 방향으로 꺾였다.

"컥……?!"

그는 아무런 반항도 하지 못하고 고통에 섞인 비명을 지르며 앞으로 고꾸라졌다.

"염지(炎指)."

카릴의 손가락에서 불꽃이 일었다. 그러고는 천천히 걸음을 옮겨 쓰러진 남자의 얼굴에 작은 불꽃을 가져갔다.

"이…… 이게 무슨……!!"

그는 뭐라고 소리치려 했지만 카릴이 그의 뺨을 불꽃으로 지지는 게 먼저였다.

"크아아악!!!!"

경기는 어처구니없을 정도로 빠르게 끝났다.

고작, 1클래스 마법으로.

"저건 경연이 아니야!!"

카릴의 전투는 단 한 번만으로도 아조르의 이슈를 만들어 내기 충분했다.

"신성한 마법을 모독하는 행위다!!"

"마법사는 오직 마법으로 싸워야 하는 법!!"

지금까지 있었던 경연은 그저 제자리에 서서 상대방이 마법을 영창하는 시간을 기다려 주고 서로의 마법을 부딪쳐 이긴 사람을 승자로 칭하는 싸움이었다. 그렇기 때문에 더 강한 마력, 더 높은 클래스의 마법이 필요했다.

첫 경기를 본 마법사들의 일부는 그의 방식을 비난했다.

"저 꼬마 정체가 뭐야?"

"어디 소속인지 당장 알아내! 스승이 누군지, 혈통은 무엇인지!"

그리고 또 다른 부류는 첫인상만으로 그에게 흥미를 보였다.

"뭐? 울카스? 그게 어디야? 듣도 보도 못한 삼류 길드가 저런 영재를 데리고 있었다고? 얼마가 되든 상관없다. 무조건 우리 쪽으로 영입해!"

"분명 뭔가 있을 거야! 마법회의 명단을 다 뒤져서라도 저 녀석의 배후를 알아내!"

카릴을 바라보는 시각은 제각각이었지만 무엇이 되었든 그가 단숨에 아조르에 이름을 알리게 된 것은 사실이었다.

그리고 동시에 혼란까지.

'우스운 일이지. 전투에서 적이 영창을 끝날 때까지 기다리고 있어줄 것도 아니고 말이야.'

소란스러운 관객들을 힐끔 바라보고는 카릴은 아무렇지 않게 경기장을 내려왔다.

'진정한 전투 마법이란 마법을 더욱 빠르게 시전하고 효율적으로 적을 상대하는 것.'

그런 점에서 탁월했던 사람이 있다. 카릴은 무대에 오르기 전에 떠올렸던 사람을 생각했다.

'세리카 로렌.'

여자답지 않은 강단과 마법사인데도 스태프라 부르기 어려운 창으로 싸웠던 동료.

'뭐, 녀석은 끝까지 스태프라고 우겼지만. 그런 무식한 걸 스태프라고 부를 사람은 없겠지.'

카릴은 그녀의 모습을 떠올리면서 가볍게 웃었다. 그녀는 기사들 사이에 있는 마법사야말로 전투에 가장 특화된 존재라고 항상 말했다.

"마법사의 반열에 오를 정도의 마력을 가진 검사는 소드 마스터라고 불리는데, 근접전에 능숙한 대마법사는 왜 따로 불리는 명칭이 없는 거야?"

언제였던가. 신탁이 내려진 후.
전장에서 그녀는 자신이 부숴 버린 오우거의 시체 더미 위에서 카릴을 바라보며 말했었다.

"안 그래? 소드 마스터보다 뛰어난 마력에 소드 마스터급의 전투력. 나는 대륙이 만든 기준을 뒤엎을 거야. 마법사가 후방에만 있어야 한다는 생각은 바보 같은 거니까."
"재밌네. 그렇게 되면 널 뭐라고 불러야 하지?"

그녀는 오우거의 시체에 자신의 창, 아니, 스태프를 꽂아 넣으면서 카릴에게 말했다.

"슈프림(Supreme)."

'그 녀석……. 아직은 변방의 마을에서 접시나 닦고 있겠지만.'
몇 년을 함께해 온 동료였지만 앞치마를 두르고 서빙을 하고 있을 그녀의 모습은 상상이 가지 않았다.

'전생에 하지 못했던 너의 길을 내가 조금 미리 닦아두마.'

대기실을 감도는 침묵. 카릴은 수다스럽게 입방정을 떨었던 마법사들을 쓱 훑어보고는 천천히 밖으로 나왔다.

"하하하하!! 이거 이거, 대단할 거라고는 생각했는데 완전히 거물이 들어왔구만!"

경기장 앞에서 기다리고 있던 바르고 시라는 카릴을 향해 두 팔을 벌리며 달려왔다. 와락 안으려는 그를 피하면서 카릴은 아무렇지 않게 걸어갔다.

"하, 하하."

바르고는 허공을 가른 두 팔이 민망한 듯 머뭇거리다가 황급히 그의 뒤를 따랐다.

"어떻게 그런 생각을 했지? 아주 통쾌하더구만. 마법사 녀석들, 매번 잘난 척 콧대를 세우는 게 한 대 후려치고 싶은 마음이었는데 말이야."

그는 껄껄 웃으면서 말했다.

"배당금이 얼마지?"

"음?"

"조금 더 걸었으면 좋겠지만…… 아마 내 말을 들었을 것 같진 않고. 100골드로 번 게 얼마지."

카릴이 조금 전 마법사를 향해 휘둘렀다가 부러진 스태프를 바르고에게 건넸다.

"스태프가 하나 더 필요할 것 같은데."

"음?"

그는 산산조각이 난 스태프를 보면서 잠시 머뭇거리다가 호탕하게 웃었다.

"물론이네! 울카스 길드의 신예를 위해서 이 정도야 당연히 해야지!!"

바르고는 부서진 스태프를 던져 버리면서 말했다.

"우리 길드로 가세. 길드원들도 소개해 주고 필요한 것들도 그곳에서 말하면 되니까 말이야."

"그러지."

카릴은 고개를 끄덕였다.

'미하일을 먼저 만나고 싶지만…… 잘하고 있을 테니 걱정하지 않아도 되겠지. 게다가 에이단도 붙어 있으니까.'

둘 다 아조르에 온 이력은 없겠지만 머리 회전이 빠른 에이단이라면 자신이 말을 하지 않아도 알아서 잘하고 있을 것이다.

'뿐만 아니라 이미 그의 이름으로 돈을 걸어뒀을지도 모르지. 그럼 울카스 길드를 조사하는 것부터 해볼까.'

그가 그린 그림 중 하나.

'어차피 녀석들에겐 관심 없다. 바르고 시라가 울카스 길드에 숨겨놨을 우든 클라우드의 단서. 그것만 찾으면 되니까.'

카릴은 가볍게 웃으면서 말했다.

"가지."

아조르에는 수많은 마법 길드가 있다.

그중에 몇몇은 마법회에 소속된 분파도 있었지만, 대부분은 용병 일을 하는 자유 마법사들이 모여 만든 길드였다.

울카스 길드. 창단된 지 1년도 채 되지 않은 신생 길드임에도 불구하고 벌써 길드원이 30명이나 되었다.

하지만 이렇다 할 성과가 없어 주목을 받지는 못한 흔한 길드 중 하나였을 뿐이었다.

바로, 오늘 아침까지만 하더라도 말이다.

끼이익-

길드의 문이 열리자 모두가 주목했다.

"오는군."

카운터에 앉아 있던 마법사 로튼은 널브러져 있는 사람들을 깨웠다.

"이 녀석들아. 의뢰를 받아 오던지 길드 안에서 죽치고 있지 말라고 했잖아!"

바르고 시라는 들어오자마자 길드원들에게 소리쳤다. 하지만 어쩐 일인지 사람들은 그의 말에 긴장하지도 않았고 그 역시 별로 관심이 없어 보였다.

'여기도 똑같군. 바르고 시라는 마법사가 아니다. 그래서 길 드 마스터라 하더라도 마법사들이 제대로 취급해 주지 않는군.'

소속된 30명의 길드원 중 대부분은 그저 그를 돈을 주는 사 장쯤으로 생각하고 있을지도 모른다.

'애초에 그의 주업은 마법서 판매. 마법사도 아닌 작자가 마 법 길드를 연 이유야 뻔하지. 어차피 사람들의 눈을 속이기 위 한 것일 테니까.'

그렇다면 누구의 눈을 속이기 위함일까. 카릴은 이 길드야 말로 우든 클라우드와 관련이 있다고 직감했다.

"익스퍼트 경연에서 한 번 우승한 거로 엄청 호들갑 떠는군. 누군 경험이 없나. 꼬마야 조심해라. 저 늙은이는 몇 번 더 너 를 굴려먹고는 버릴 테니까."

구석에 앉아 있던 한 남자가 카릴을 향해 말했다. 그의 주변 엔 술병이 너부러져 있었다.

'엉망이로군.'

나태란 몰락의 지름길이었다. 저들 중엔 마법사의 반열에 오 른 자도 분명 있을 터. 한때는 촉망받던 인재였을 텐데 말이다.

'하긴…… 천재 소리를 들었던 베릴 남작만 봐도 알 수 있 지. 마법사란 족속들이 얼마나 정신이 약한지 말이야.'

지식을 쌓는 자들의 가장 약한 부분이 오히려 그 머리일 때 가 있다. 그리고 정신이 무너졌을 때 육체가 무너지는 것은 한

순간이었다.

"이봐, 톰슨. 헛소리할 거면 집에서 하고 그 스태프 쓰지 않을 거라면 넘기는 게 어때? 몇 달이나 구석에 처박혀 있는 것보단 카릴이 쓰는 게 나을 거 같은데."

"닥쳐, 바르고. 저따위 녀석에겐 장작더미도 아까우니까."

술에 찌들어 있던 것 같던 남자의 눈빛에서 날카로운 안광이 번뜩였다.

'호오……'

카릴은 그 모습을 놓치지 않았다. 그러고는 흥미롭게 그를 바라봤다. 경련이라도 일어나는 것처럼 가볍게 떨리는 손.

"……"

로브에 가려져 제대로 보이진 않았지만, 손등에서부터 멍이든 것처럼 피부가 퍼렇게 변해 있었다.

"이봐, 꼬마. 마법사가 스태프를 쓰는 이유가 뭔지 아나."

툭-

그의 발걸음이 멈추었다.

"스태프는 마법사의 생명과도 같은 것이다. 그걸 몽둥이처럼 후려쳐? 미친……"

톰슨은 몸을 일으키며 말했다.

"넌 마법사가 되려면 멀었다, 아니, 그딴 식이라면 평생을 수련해도 불가능할걸."

하지만 말과는 달리 그는 비틀거리는 몸을 제대로 가누지 못해 스태프를 지팡이처럼 짚고 간신히 일어섰다.

"키득……."

"크크큭."

그 모습에 길드에 있던 사람들이 비웃었다. 조소를 받으면서 남자는 인상을 구기며 힘겹게 일어나 걸어갔다.

가까이에서 보니 혈색 하나 없는 창백한 피부에 퍼런 혈관이 얼굴에 도드라질 정도였다. 거뭇거뭇한 반점도 나 있었다.

"……."

비웃는 그들과 달리 카릴은 아무런 말도 하지 않은 채 그를 살폈다.

"퉷."

침을 뱉으며 돌아서는 그를 바라보며 카릴은 피식 웃었다.

"그렇군."

"나 참, 별 시답잖은 소리나 하고. 신경 쓰지 말게."

"조금 전 그 사람 누구지?"

위층으로 들어온 바르고는 카릴의 물음에 손사래를 치면서 말했다.

"톰슨 하워드, 몇 해 전에 5클래스에 갓 발을 들인 중급 마법사네. 옛날엔 제국 소속 마법사였다던데……. 우리 길드에서 가장 높은 클래스의 마법사지."

"흐음."

"제법 경험도 많아서 큰돈을 들여서 영입했지. 뭐, 그 덕분에 부길드 마스터 자리를 맡고 있지만 그러면 뭐해? 갑자기 술독에 빠져서는 저 모양인데."

카릴은 바르고의 말에 천천히 고개를 끄덕였다.

"그보다 앞으로의 일이나 얘기를 해보자고. 배당금부터 계약서 작성까지. 할 일이 많을 거 같은데 말이지."

그가 씨익 웃자 금이빨이 반짝였다.

"전엔 정신이 없어서 말이야. 구두로 한 계약도 계약이라지만 아무래도 증서를 남기는 게 서로에게 좋지 않겠나."

그러나 카릴은 뭔가를 고민하는 듯, 그가 내민 서류는 안중에도 없는 것 같았다.

"그 얘긴 돌아와서 하지."

"뭐?"

"이따 밤에 여관에서 다시 보지. 내가 묵고 있는 곳은 알지? 전에 그 여관이야."

갑작스럽게 방문을 나서는 그의 뒷모습을 보며 바르고 시라는 황당한 얼굴로 소리쳤다.

"어……?! 자, 잠깐! 이봐!!"

"빌어먹을……."

눅눅한 골목길을 비틀거리며 걷는 남자에게서 술 냄새가 진동했지만, 취객은 아니었다.

그는 술을 마셔도 오히려 정신이 또렷해지는 것 같았다. 이렇게라도 하지 않으면 참을 수 없었다.

"쿨럭."

헛기침을 한 번 하는 순간. 남자는 몸을 부르르 떨며 바닥에 주저앉아 가쁜 숨을 몰아쉬었다.

"역시 그렇군."

"……!!"

톰슨은 황급히 고개를 돌렸다.

"넌 모르겠지만 과거…… 아니, 미래라고 해야 하나. 뭐, 어쨌든 높은 마력을 가지기 위해서는 육체도 단련을 해야 한다고 소리치던 녀석이 있었다."

"누, 누구!!"

"다들 비웃었지만 난 그 말에 동의한다. 높은 마력을 취할 수 있는 머리는 있지만 약한 육체가 그걸 받아들일 수가 없어 오히려 마력이 육체를 잡아먹어 버리기도 하거든."

골목에서 천천히 자신을 향해 걸어오는 인영.

"바로 너처럼."

"너는……."

톰슨의 얼굴이 굳어졌다.

"덕분에 수재의 저주라고 불리지. 게다가 아직 치유법도 알려지지 않았고 말이야."

"이 새끼…… 헛소리하려고 내 뒤를 밟았나?"

카릴은 으르렁거리듯 노려보는 그를 향해 담담한 목소리로 말했다.

"당신, 마력중독(魔力中毒)이지?"

꿀꺽-

요란한 광장의 소음에도 목젖이 움직이는 소리가 생생하게 들리는 것 같았다.

"이대로 두면 곧 죽는다. 지금까지 버틴 것도 용하지. 5클래스에 반열에 들어가지 못했다면 이미 끝났을 텐데."

카릴은 가볍게 웃었다.

"어쩌면 살고 싶은 욕망이 당신의 잠재력을 깨운 걸지도 모르겠군."

"꺼져."

그의 말에도 카릴은 쓰러진 톰슨의 이마에 가볍게 손을 얹었다.

"알려지게 되면 마법사로서는 끝이지. 그런데."

카릴은 천천히 고개를 숙였다.

"내가 당신을 도와줄 수 있을 것 같거든."

순간, 자신에게 몰려 들어오는 마력에 톰슨은 자신도 모르게 숨이 턱하고 막히는 기분이었다.

"허억……!! 헉……!!"

하지만 그것도 잠시, 그의 호흡이 이내 편해지기 시작했다.

"……무, 무슨."

창백했던 얼굴에 혈색이 감돌았다. 어떻게 된 영문인지 몰라 그가 멍한 눈으로 카릴을 바라봤다.

"이건 임시방편에 불과해. 치유법이 알려지게 되는 건 좀 더 후의 일이지만……. 다행히 그걸 내가 알거든."

그의 말에 톰슨의 눈동자가 흔들렸다.

"어때?"

그 모습에 카릴은 천천히 허리를 숙이며 그에게 말했다.

"그 대신 네가 해줄 일이 있다."

"결승에 진출했다지?"

여관으로 돌아온 카릴은 자신을 기다리고 있던 미하일과 에이단을 향해 가볍게 손짓했다.

"오셨습니까?"

미하일의 태도는 처음 교도 용병단에서 만났을 때와 다르게 변해 있었다.

그때는 고용주에 대한 최소한의 예의로 카릴을 대했는데 지금은 선망을 담아 그를 대하고 있었다.

'경연에 나가보고 느낀 거겠지. 마법을 쓰는 자신에 대해서. 그리고……'

참가했기 때문에 바라고 있는 것이다. 그 역시 카릴처럼 싸워보고 싶다고.

'나르 디 마우그의 말이 있었기 때문에 마법을 가르치긴 했지만, 그도 원래는 검을 쓰던 사람이니까.'

평범한 마법사들의 전투가 아닌 카릴의 방식이 그의 마음을 사로잡는 건 당연한 일이었다.

'하지만 아직은 아니다. 두 가지를 모두 쟁취할 수 있는 인간은 흔치 않다. 괜한 욕심에 몸을 단련하느라 마법에 집중하지 못하면 이도 저도 아니게 되니까.'

카릴은 미하일을 바라보며 가볍게 웃었다.

'하지만 걱정 마라. 마법에 관해서는 내가 널 가르쳐 주지 못하지만 네 마법이 완성된다면 언제든지 뛰어난 육체로 만들어 줄 수 있다.'

카릴은 짐을 내려놓으면서 자리에 앉았다.

연녹색의 보석이 박힌 스태프는 못 보던 것이었기에 미하일은 신기한 듯 바라봤다.

"마법을 써보니 어때?"

"신기합니다. 솔직히 제가 이 정도로 올라올 수 있을 거라곤 생각도 못 했습니다."

"그렇지? 비기너이긴 해도 말이야."

그의 농담에 미하일은 피식 웃었지만 은근히 투쟁심을 표했다.

"저도…… 카릴 님만큼은 할 수 없을지 몰라도 가만히 서서 영창을 하는 마법사들에게 지지는 않을 겁니다."

"자신 있나 보군."

카릴은 예상대로라는 듯 그를 바라봤다.

'신참이라고는 하지만 교도 용병단에서 나름대로 훈련을 받았던 가닥이 있으니까. 몸을 쓰는 전투는 자신이 있다는 거겠지.'

하지만 그건 결코 쉬운 일이 아니었다.

미하일은 눈치채지 못했지만 카릴의 몸은 항상 각종 보조 마법이 걸려 있었기 때문이다. 미하일의 마력으로는 몇 개의 보조 마법을 걸지도 못하고 혹 그럴 수 있다 해도 마력이 고갈돼 제대로 싸우지도 못할 것이다.

"그래서 널 비기너에 내보낸 거야."

"네?"

"방금 네가 말했잖아. 나만큼은 하지 못해도 라고. 익스퍼트에 출전하면 나와 붙어야 하는데?"

"그, 그건……."

미하일은 아차 싶은 표정이었다.

"비기너에서 우승해라. 너와 내가 이번 경연을 모두 차지하는 거야."

카릴은 그런 그의 어깨를 가볍게 두들겼다.

"이제부터가 시작이다. 네가 마력에 소질이 있다는 건 알고 있다. 그리고 그걸 증명하기도 했고. 안 그래?"

에이단은 자신을 바라보는 카릴을 향해 고개를 끄덕였다.

"마력을 더욱 가다듬어라. 너라면 더 높은 경지에 오를 수 있을 거다. 그렇게 되면 언젠가 너에게 최고의 스승을 만날 기회를 주겠다."

대륙에서 가장 뛰어난 마법사란 누구일까.

마법의 보고라고 할 수 있는 상아탑의 주인, 베르치 블라노 아니면 제국 궁정마법사인 카딘 루에르?

혹은 불멸회의 수장인 나인 다르혼이나 그것도 아니면 마탄(魔彈)이라고 불리는 루레인 공국의 데릴 하리안도 있을 것이다.

그들 모두가 대마법사에 반열에 오른 7클래스의 유저들이었으며 당대에 내로라하는 인간 마법사들이다.

그중에서도, 베르치 블라노의 마력량은 8클래스에 육박한다고 하며 전설로만 남은 카이에 에시르의 수준에 도달할 수 있는 유일한 마법사로 알려져 있다.

'데릴 하리안의 경우 4명 중 가장 나이가 어려서 마력은 뒤떨어지지만, 마탄이라는 공격 마법을 새로이 창조했다. 전투에 특화된 워메이지(War-Mage).'

베르치 블라노와 데릴 하리안이 맞붙는다면 결과를 쉽게 점칠 순 없었다. 마력량이 아무리 방대하더라도 그것을 전투에 제대로 활용하지 못한다면 소용없는 일이니까.

'그래서 어떤 이들은 아버지와 함께 각 분야의 최강자를 가리려면 델리 하리안을 넣어야 한다는 말도 한다.'

그에 비하면 궁정마법사인 카딘 루에르는 노년이라는 나이 때문에 평가절하되는 경향이 있었다.

'하지만 노인네의 실력은 누구보다 내가 제일 잘 알지. 신탁이 내려지고 가장 많은 적을 섬멸한 마법사가 그 양반이니까.'

솔직히 카릴뿐만 아니라 아무도 예상하지 못한 일이었다. 칠순이 훌쩍 넘은 그가 현역의 젊은 마법사들 못지않게 전장을 휩쓸고 다닐 줄이야.

'하지만.'

한 명 한 명이 대단한 마법사들이었지만 '가장'이라는 수식어에 대해 고민을 하는 것만큼 바보 같은 일은 없을 것이다.

아무리 뛰어난 자들이라 하더라도 그들이 가지는 유일한 약점이 있었으니까.

'바로 인간이라는 것.'

카릴은 피식 웃었다.

"……?"

그의 웃음의 이유를 알지 못하는 미하일은 의아한 얼굴로 그를 바라봤다.

'고민할 필요가 없다. 최고를 가린다면 마법에 관하여 그 누구도 범접할 수 없는 유일무이한 존재가 있으니까.'

바로, 드래곤(Dragon).

"하지만 최고의 스승을 맞이하기 위해선 그만한 준비를 해야겠지. 안 그래?"

대륙에 수많은 던전이 존재하였고 그중에서도 드래곤의 레어는 모험가들이 가장 욕심을 내는 곳이다.

하지만 그 보상만큼 난이도 역시 높았다. 아직 완성되지 않은 카릴이 단독으로 나르 디 마우그가 잠들어 있는 곳까지 뚫는 것은 불가능에 가까웠다.

'미하일, 내가 가장 먼저 너를 찾은 이유는 네가 다른 열 명과 달리 내가 알지 못하는 한계를 가지고 있기 때문이다. 그렇기 때문에 그 누구보다 먼저 나르 디 마우그에게 보이고 싶기도 했고……'

카릴 그 자신이 백금룡의 레어를 공략하기 위한 수단으로 쓰기 위함이기도 했다.

동료가 될지 방패가 될지는……. 솔직히 처음 그를 만났을 때는 미지수였다.

미하일이 이런 얘기를 듣게 된다면 서운할 수도 있겠지만 카릴은 냉정했다. 과거에 도달하기 위해 억겁의 시간을 탑 속에서 투쟁한 그였다.

모습은 십 대에 불과하지만 그는 드래곤의 시간에 비할 바가 못 될 정도로 오랜 시간을 살았다.

'사사로운 연민에 휘둘리는 것은 이제 더 이상 하지 않을 것

이다.'

그것이 어떤 결과를 만들었는지 누구보다 잘 아는 그였으니까.

"알겠습니다."

그의 생각을 아는지 모르는지 미하일은 카릴의 말에 눈을 반짝였다.

"부탁한다."

"네!!"

카릴은 고개를 돌렸다.

"에이단, 내가 자리를 비우는 동안 마법사 한 명이 날 찾거든 네가 대신 좀 해야 할 일이 있다."

"무슨 일입니까?"

그는 옆에 내려놓은 스태프를 가볍게 움켜쥐면서 묘한 웃음을 지었다.

"별일은 아니야. 그가 뭘 건네주면 잘 보관하고 있기만 하면 된다."

에이단은 막연한 그의 지시에 오히려 더 궁금해졌지만, 이제는 이런 명령이 익숙한 듯 고개를 끄덕였다.

'또 무슨 꿍꿍이지.'

어차피 물어도 제대로 대답해 주지 않을 걸 알았다. 하지만 항상 카릴이 계획한 일은 나중에 가서 놀라울 정도로 착착 들어맞았기에 불만은 없었다.

"그렇게 하죠."

에이단은 고개를 끄덕이며 생각했다.

'언제까지 여기에 있어야 하지⋯⋯. 하필 와도 아조르라니. 여긴 제국과 통신할 방법도 없는데.'

교도 용병단부터 아조르까지.

언제 다시 타투르로 돌아갈지 모르는 여정을 시작한 에이단은 지금까지 대부분의 전서를 마법구를 통해 보냈었다.

그러나 도시 전체가 실드(Shield)로 보호되고 있는 아조르는 정해진 마법구 이외에 다른 마법구를 쓰게 되면 바로 경보가 울리게 되어 있었다.

'상급 마법사 정도 되면 모르지만 지금으로써는 내 위치를 알릴 방법이 없으니 미치겠네.'

설마 그럴 리 없다고 생각하지만, 에이단은 '일부러 황자에게 연락을 취하지 못하는 곳만 골라서 가는 게 아닐까.' 하는 생각이 들었다.

'타투르의 사정은 주크가 고했을 테니 괜찮겠지만⋯⋯.'

그렇게 생각하면서도 그는 한숨이 절로 나올 것 같은 기분을 가까스로 참았다. 신분을 숨기려다 오히려 카릴을 따라오게 되어 지금은 비술까지 알려준 꼴이 되지 않았던가.

그나마 자신의 상황보다는 타투르 쪽이 낫다는 생각에 안도하고 있으니. 본인 스스로 생각해도 어처구니없을 뿐이었다.

'스승님께서 이 일을 알게 되면 날 죽이려 하겠군.'

입술을 깨무는 그의 모습을 바라보며 카릴은 재밌다는 듯 피식 웃었다.

"내일 경연을 하려면 푹 쉬도록 해. 나는 잠시 다녀올 데가 있다."

"또 어디를 가십니까?"

여관에 들어온 지 기껏해야 수십 분. 도대체 쉬는 모습을 보이지 않는 카릴의 모습에 미하일은 혀를 내둘렀다.

'왔군.'

광장의 분수대에 기대어 앉아 있던 카릴은 저 멀리서 느껴지는 인기척에 고개를 들었다.

'저렇게 대놓고 나타나다니. 인비젼 마법도 쓸 수 없는 수준인가.'

아니면 사태의 심각성보다 과한 자신감을 가지고 있는 걸까.

카릴은 그들이 누군지 이미 짐작하고 있었다.

아니, 오히려 기다리고 있었다고 하는 것이 맞을 것이다. 익스퍼트 경연에 나선 마법사들, 정확히는 그들이 소속된 마법회와 길드의 사람들일 것이다.

'내일 경연까지 가만히 둘 수 없었겠지.'

오늘 경연에서의 카릴의 모습은 가히 충격적일 수밖에 없을 것이다.

대부분은 그의 전투 방식을 인정할 수 없었다. 마법사 중에 무기를 쓰는 자들은 분명 존재했지만, 그런 자들은 오히려 마법계에서 배척당했다.

'무기를 쓰는 것 자체가 검사와 다를 바 없다고 생각하니까.'

마법사들은 스스로 차별화를 두고자 육체를 단련할 시간에 정신을 단련해야 한다고 주장해 왔기 때문이다.

틀린 말은 아니다. 고위 마법을 쓰기 위한 단련은 정신의 수행이니까.

그렇기에 자신을 잡으러 온 것이다. 경연에서 볼 수 없는 카릴의 대범한 방식에 어떻게 대응을 해야 할지 몰랐기 때문이다.

하지만……

'이런 식으로 대놓고 올 줄은 몰랐는데.'

카릴은 모습조차 감추지 않고 자신을 향해 걸어오는 자들을 바라보며 묘한 웃음을 지었다.

"어느 정도 예상은 했지만, 당신까지 여기에 올 줄은 몰랐는데."

"자네에게 제안하고자 하네. 소속된 곳이 마법회와는 연관이 없는 길드더군. 다른 이력도 없고 말이야. 제대로 된 스승이 없었으니 경연의 의미를 모를 수 있어."

"무슨 말을 하고 싶은 거지?"

카릴은 천천히 고개를 들었다.

자신의 앞에 선 노마법사를 바라봤다. 놀랍게도 그는 이번 경연을 주최한 여명회의 상급 마법사, 타피오였다.

"이번 경연을 포기해 주게."

예상은 했지만 주최자가 직접 이런 말을 전하자 카릴은 웃음이 나올 뿐이었다.

"지금껏 이런 식으로 돌려 막듯이 경연을 한 건가? 마법사라고 고고한 척은 다 하더니 마법회도 썩었군."

"……"

그의 신랄한 비판에 타피오의 얼굴이 굳어졌다. 카릴을 둘러싸고 있는 십수 명의 마법사가 당장이라도 그에게 달려들 듯 으르렁거렸다.

"내게 뭘 줄 거지?"

하지만 그의 말에 타피오는 가볍게 웃었다.

"그래. 길드에 있는 자라 그런지 머리가 나쁘지 않군. 우승 상품과 동급의 마법서를 자네에게 주지. 어떤가."

"흐음……"

익스퍼트 경연의 우승 상품은 5클래스 마법서. 마법회에 속해 있지 않은 자유 마법사라면 마법서를 얻을 수 있는 길이 한정적이다.

그런 의미에서 타피오의 제안은 나쁘지 않았다.

굳이 싸우지 않고도 원하는 것을 구할 수 있고 마법회는 제자들의 체면을 살리기 위한 목적을 달성할 수 있으니까.

물론, 그것이 일반적인 마법사라면 말이다.

카릴은 기대어 앉아 있던 분수대에서 내려와 가볍게 손목을 풀었다. 그러고는 실력이 아닌 잔꾀로 우승을 노리려는 너구리 같은 노마법사에게 담담한 목소리로 말했다.

"싫은데."

익스퍼트 경연이 열리는 경기장.

"……."

대기실은 전과 달리 조용했다.

카릴은 하품과 함께 나른한 얼굴로 좌우로 목을 꺾으며 몸을 풀었다. 대기실 밖에 경기장의 관객석에서 일어나고 있을 소란에 관해서는 관심이 없다는 표정으로 말이다.

"이게…… 뭐야?"

공장의 게시판에서부터 경기장 입구에 안내문까지.

갑작스러운 공고에 관람객들은 저마다 어리둥절할 뿐이었다.

"갑자기 결승이라니?"

"이런 식으로 운영하는 게 어디 있어? 내 티켓값 돌려달라고!"

사람들은 저마다 소리쳤다.

티켓값은 사실 중요한 게 아니었다. 자신이 건 선수들의 출전 포기로 잃을 돈이 더 컸으니까.

한둘이라면 이해가 된다. 익스퍼트 경연에서는 가끔 우승 후보들도 아무런 이유 없이 출전을 포기하는 경우가 있었으니까.

그게 주최 측의 뒷공작이라는 걸 알지 못하는 관객들은 그저 마법사들 특유의 괴팍함 때문이라고 생각했지만 어쨌든 그런 일이 비일비재했다.

하지만 지금은 그 정도 수준이 아니었다.

어제 처음 열린 경기였다. 그런데 십수 명의 출전자가 한꺼번에 포기 선언을 내버린 것이었다.

게다가 이유도 알 수 없다. 그들 모두가 약속이라도 한 것처럼 자취를 감추었기 때문이었다.

남은 사람은 고작 단둘뿐이었다.

"잘해보자."

"아, 네…… 네넵."

대기실에 카릴과 함께 앉아 있는 마법사는 그의 말에 자신도 모르게 어깨를 부르르 떨었다.

남자는 조용히 왼팔을 잡았다. 로브에 그려진 여명회의 문양을 가리려고 노력했지만 한 손으로 감출 수 있을 만한 크기가 아니었다. 괜히 카릴의 심기를 건드리지 않으려고 필사적인 모습이었다.

'제길……'

어젯밤에 벌어진 일. 누구에게도 말할 수 없었으며 알려져서는 절대로 안 되는 사건이었다.

하지만 그는 똑똑히 기억하고 있었다. 눈앞의 소년이 자신보다 수십 년은 더 오래 마법을 수련한 상급 마법사를 찍어 눌

렸던 것을.

'스승님도 이긴 녀석을 무슨 수로……'

남자는 당장에라도 도망치고 싶은 마음이었다.

와아아아아---!!!

와아아---!!

경기장의 문이 열리자 관객들의 환호성이 들렸다.

시시할 정도로 빠르게 끝난 첫 경기와는 비교도 할 수 없는 관객들은 두 사람을 향해 소리쳤다.

"이왕 이렇게 된 거 화끈하게 보여 달라고!!"

"여명회의 자존심!! 자켄!!"

"듣도 보도 못한 녀석에게 지지 마라!"

그들의 환호성은 대부분 로브를 입고 있는 남자를 향해 있었다.

그럴 수밖에.

출신을 알 수 없는 제국의 아이보다 마법회의 마법사의 편을 드는 것이 아조르의 사람들에겐 당연한 일이었다.

'내가 이민족이라고는 상상도 못 하겠지.'

대륙을 다 뒤져도 그에 대해서 알 방법은 없었다.

애초에 이단섬멸령이 내려진 지금, 크웰이 이민족인 그를 데려온 것 자체가 비밀이기도 하지만 마법으로 머리 색과 눈동자 색을 바꾼 카릴이었다.

마법을 쓰는 이민족? 그런 의심을 할 수 있는 사람은 절대로 없었다.

'그래도 다행이라고 생각해라. 너희들의 말을 빌리자면 이민족에게 졌다는 것까지 알게 되면 정말 수치스러워 고개를 들지 못할 테니까.'

카릴은 천천히 스태프를 고쳐 쥐었다. 톰슨이 쓰던 지팡이는 낡았지만 제법 손때가 묻은 쓸 만한 것이었다.

'부숴먹긴 아까운 물건이네.'

부웅-

그는 마치 창을 잡은 것처럼 크게 한 바퀴 머리 위로 원을 그리며 스태프를 돌렸다.

'마법이라……'

어차피 그가 쓸 수 있는 마법은 버프(Buff) 계열의 보조 마법을 제외하고는 손에 꼽혔다.

하지만 그는 재밌는 생각을 했다. 자신의 경기를 보러 온 관객들을 위한 퍼포먼스는 아니었지만, 마법 대결을 보기 위해 온 것이니 이번엔 제대로 마법을 보여주겠다고.

[시작---!!!]

사회자의 외침과 동시에 자켄은 카릴을 바라보며 자신도 모르게 움찔거렸다.

하지만 카릴은 첫 경기와 다르게 물끄러미 기다리고 있었다. 카릴이 무작정 달려올 것이라고 생각했던 자켄은 황급히 주문을 외웠다. 자켄의 스태프 위로 순식간에 두 개의 마법진이 겹쳐졌고 세 번째가 생성되었다.

"……."

그 역시 여명회의 유능한 마법사였다.

우승이 확정된 경기라고는 하지만 경험을 쌓고 인정을 받을 수 있는 수준이 아니라면 출전도 하지 않았을 것이다.

우우웅……!!

4번째 마법진이 완성되었다.

서클의 개수는 곧 클래스를 나타내는 것.

'나쁘지 않군.'

빠른 속도로 4클래스의 마법을 영창할 수 있다는 것만으로도 충분히 그의 실력을 가늠할 수 있었다.

'신탁전쟁 당시에도 이 정도로 마법을 영창 할 수 있는 마법사도 얼마 안 되었으니까.'

안타까웠다.

신탁이 내려지기 전. 제국을 통합하기 위한 올리번이 일으킨 400일간의 대륙 전쟁. 그 전쟁으로 공국과 삼국 그리고 다른 소도시들은 막대한 피해를 입었다.

병사가 죽고 군대가 사라졌으며, 그와 함께 전쟁과는 무관했던 마법사들 역시 전장의 이슬로 사라졌다.

'후회해도 늦은 법이지.'

대륙에 모든 곳에 자신의 깃발을 세운 올리번. 그것은 인간으로서 할 수 있는 절정의 목표를 달성한 것과도 같을 것이다.

하지만 신은 인간의 일 따윈 하찮다고 말하는 것처럼 신탁을 내렸다.

'인간계의 존재가 아닌 적.'

아이러니하게도 신은 인간계의 목적을 달성한 우리에게 더한 과제를 내주었다.

빠득-

카릴은 지금 본인이 대전하고 있다는 것조차 잊고 이를 갈았다.

그의 모습에 자켄이 움찔거렸다.

"⋯⋯후."

솔직히 저 정도의 마법사도 아쉬운 상황이었다.

하지만 올리번을 탓하진 않는다. 대륙을 통합하지 않았더라면 오히려 인류는 중구난방으로 더 빠르게 무너졌을 테니까.

'그렇다고 우릴 죽이려고 했던 녀석의 행위까지 인정하겠다는 것은 아니지.'

카릴은 천천히 고개를 들었다.

그렇기 때문에 이번엔 자신이 바꾸려고 한다. 그의 미래와 전쟁으로 사라져 간, 눈앞의 저런 이들까지.

역적이 될지 영웅이 될지⋯⋯. 그건 후세가 판단할 일이었다.

"염지(炎指)."

자켄이 4클래스의 마법이 완성되었을 때 카릴은 기초 마법 하나를 시전했다.

'4클래스의 콜드 스피어(Cold Spear).'

마법을 쓸 수는 없지만, 눈앞의 마법이 무엇인지는 정확히 알고 있다. 마법에 대한 지식은 없어도 지겨울 정도로 많은 마법을 봐왔으니까.

탁-

카릴은 반대쪽 손을 튕겼다. 그러나 그의 손바닥에서 무언가가 일렁거렸다.

"흐아압⋯⋯!!"

자켄이 있는 힘껏 두 팔을 들어 올렸다. 그의 머리 위로 생성된 다섯 개의 얼음 창이 카릴을 향해 쏟아지려 했다.

"어, 억?!"

그때였다. 긴장한 탓일까.

카릴을 향해 자세를 잡은 자켄이 발밑에 질펀한 기름을 밟고 뒤로 자빠지고 말았다. 쓸데없이 힘을 많이 들인 탓이었다.

덩달아 그가 만든 얼음 창들이 목표를 잃고 허망하게 허공으로 흩어지고 말았다.

쾅⋯⋯! 콰쾅⋯⋯! 콰가강!!

제대로 날지도 못한 창들이 상공에서 바닥으로 떨어지며 산산조각이 나버렸다. 그 모습을 본 사람들은 어처구니가 없

242 9클래스 신마법사 2

었다.

'1클래스의 그리스(Grease) 마법?!'

확실히 존재하는 마법이긴 하다. 하지만 지면에 마법 기름을 형성해 닿은 물체를 미끄러지게 만드는 마법은 대부분 무거운 물건을 옮기거나 할 때 사용되는 저 클래스의 마법이라고 인지할 뿐, 마법사들은 공격 마법으로 생각하지 않았다.

'화려하고 강한 마법만이 '공격 마법'이란 말에 어울린다고 마법사들은 생각하니까.'

카릴은 시원하게 자빠진 자켄을 바라보며 생각했다.

마법회의 고위 마법사들도 절대 상상하지 못할 것이다. 신탁이 내려진 후에 가장 많이 사용된 범용 공격 마법 중 하나가 바로 이 그리스였으니까.

'정확히는 이 마법의 연계기지만.'

카릴은 조금 전 시전해 뒀던 염지를 쓰러진 자켄의 발아래로 떨어뜨렸다.

화르르륵……!!!

그 순간, 기름에 불을 붙인 것처럼 자켄의 발아래에 뿌려진 마법 위로 순식간에 화염이 솟구쳤다.

고작 손가락 마디만 한 불꽃이 거대한 화마가 되어 그를 덮치려 했다.

"우악, 우아아악---!!"

그 모습에 자켄은 화들짝 놀라며 엉금엉금 도망치려 했다.

"마법사의 반열에 오르는 4클래스라면 너도 2클래스까지는 무영창으로 가능할 텐데."

물론, 클래스에 도달하지 못한 카릴의 경우는 염지와 그리스 두 가지 마법을 동시에 시전한 것이지만 말이다.

"겉으로는 저렇게 보여도 결국은 둘 다 마법. 게다가 둘 다 1클래스 마법이라면 차라리 도망치기보다 2클래스의 매직 실드(Magic Shield)로 방어하면 될 텐데."

거대한 화마(火魔)에 도망을 치려던 자켄은 차분한 카릴의 말에 그제야 아차 싶었다.

"뭐야. 이 정돈가."

뒤늦은 깨달음은 소용없었다. 카릴은 들고 있던 스태프로 엎어져 있는 자켄의 엉덩이를 쿡쿡 찔렀다.

"이익……!!"

굴욕적인 모습이 아닐 수 없었다.

카릴이 강하게 손을 뻗자 그가 만든 바람이 조금 전 그리스 위에 피어올랐던 불꽃을 꺼뜨려 버렸다.

그의 실력이라면 풍압만으로도 충분히 마법을 파훼할 수 있을 테지만 그가 사용한 것은 매직 실드였다.

마법으로 화염을 가두고 그대로 압축을 해서 단번에 불을 꺼뜨린 것이다.

'매직 실드로 불을 끈다고?'

'마법을 저런 식으로 사용할 수도 있구나.'

'저런 발상을 어떻게 한 거지? 마법회의 스승님들조차 언급하지 않은 방식이다.'

관객들 사이에 섞여 있는 마법사들은 카릴의 모습에 혀를 내두르고 말았다. 반박의 여지가 없는 패배였다.

남자는 억울하다는 듯 소리쳤다.

"이건 마법사들의 대결이 아니다!! 인정할 수 없어……!!!"

악에 받친 듯한 외침.

"신성한 마법사의 결투를 모독하는 행위다!!"

어쩌면 이 한마디의 용기를 내기 위해 그는 엄청나게 고민을 했을지 모른다.

"이 와중에 소리치다니. 뒷공작이나 하려는 녀석보단 근성이 있군."

카릴은 그 모습을 바라보며 아조르에서의 첫 번째 진짜 웃음을 지었다.

"근데."

촤르륵---!!

그는 품 안에서 아그넬을 뽑았다.

카릴은 손바닥 위에서 날을 번뜩이며 회전하던 단검을 움켜쥐고 있는 힘껏 바닥에 내리꽂았다.

쓰러진 자켄의 뺨에 종이 한 장 차이로 단검이 박히자 차가운 예기가 섬뜩하게 느껴졌다.

"난 내가 마법사라고 얘기한 적 없는데."

"……뭐?"

"그런 건 너나 해."

툭―

"명예랑 목숨 중에 뭐가 더 중요하지?"

카릴은 의문 가득한 그의 얼굴을 가볍게 두들겼다.

"전쟁은 널 기다려 주지 않아."

그 말이 무슨 말인지 지금은 이해가 가지 않을 것이다.

하지만 더 이상의 이의를 제기하면 가만히 두지 않겠다는 뜻만큼은 그에게 전해졌을 것이다.

"결국, 죽으면 끝이야."

아무리 저급한 마법이라 할지라도 목숨을 앗아갈 수 있는 것은 매한가지였다. 카릴의 말이 마치 비수처럼 자켄의 가슴에 박혔다.

[스, 승자는……!! 울카스 길드의 카릴!!!!]

사회자의 외침과 함께 카릴은 바닥에 꽂힌 단검을 뽑아 품 안에 다시 집어넣었다.

"……."

무대를 걸어 내려가는 그의 뒷모습을 보며 자켄은 그제야 자신의 바지가 축축하게 젖어 있다는 걸 깨달았다.

►Chapter 6◄

　이번 경연 사건으로 여명회와 불멸회는 물론 아조르 전체가 발칵 뒤집히고 말았다.

　"후우……."

　그리고 그 두 세력의 난리에 골머리를 썩이고 있는 것은 아조르의 영주인 파시오였다.

　"울카스 길드에 책임을 물어야 할 일입니다!!"

　"무슨 책임을? 그가 익스퍼트 경연에서 우승을 한 것은 사실이지 않습니까. 1클래스를 쓰던 2클래스를 쓰던 그건 마법이 아닙니까?"

　"만약 불멸회에서 이번 경연을 개최했더라도 가만히 있었을 거란 말입니까?"

　아조르에 모인 각 마법회의 상급 마법사들은 모두 카릴을 주목하고 있었지만 두 학파의 입장은 극명했다.

'흥, 꼴좋다. 누가 모를 줄 알고. 타피오가 당한 것에 대해 복수를 하려는 거잖아.'

불멸회의 대표는 경연회 다음 날, 갑자기 주최자인 그가 행방불명되었다는 소식을 들었다.

그와 함께 참가자들의 출전 거부. 믿었던 여명회의 유망주마저 깨버리고 당당히 우승을 차지한 카릴에게 그들이 할 수 있는 것은 이 정도뿐이었다.

'뻔하지. 여명회 녀석들, 앞에서는 비겁한 저주술이다 뭐다 불멸회를 깎아내리기 바쁘면서 뒤에서 비겁한 짓은 저희들이 다 하는군.'

여명회와 사이가 좋지 않은 불멸회로서는 오히려 이 상황이 나쁘지 않았다.

익스퍼트 경연의 상품이라고 해봐야 5클래스 마법서. 그 정도는 본거지인 상아탑이나 안티홈 대도서관에도 충분히 있었으니까.

"크흠……."

답이 나오지 않을 것 같은 그들의 대화. 결국, 영주인 파시오가 조심스럽게 입을 열었다.

"마법회의 귀하신 분들을 모시신 이유는 이런 이야기를 하고자 하는 것이 아닙니다."

그의 목소리는 나지막했다. 충분히 영주다운 예의를 차린 말투였지만 그 안에는 날카로운 노기가 서려 있었다.

그도 그럴 것이 며칠 전에 있었던 괴현상에 대한 조사도 제대로 이루어지지 않은 데다가 이번엔 마법회에 소속되지 않은 자유 마법사가 우승을 해버렸으니 그의 심기가 불편할 수밖에 없었다.

"아조르는 태초에 마법을 전파했다고 알려진 7인의 원로회가 만든 도시입니다. 그렇기 때문에 학파의 구분을 떠나 모든 마법사가 자유롭게 마법을 연구할 수 있는 곳이죠."

지금까지 가만히 있던 그가 입을 연 순간 회의실 안에서 무거운 중압감이 느껴졌다.

"자유 마법사가 우승을 하는 것이 잘못된 것은 아니나, 여러분들을 모신 건 이에 대한 의견을 조율하기 위해서지 서로 언쟁을 하고자 모인 것이 아닙니다."

"크흠……."

"으음."

그의 한마디에 마법사들은 헛기침을 했다.

"아시지 않습니까. 익스퍼트 경연의 우승이 중요한 것이 아니라는 걸. 그 이후에 그가 무엇을 원한다고 말했는지를요."

"……!!"

"……!!"

순간 숨이 막힐 것 같은 위압감이 덮쳤다. 홀에 모인 마법사들의 어깨가 자신도 모르게 씰룩이며 내려앉는 기분이었다.

둥글둥글한 얼굴에 사람 좋아 보이는 인상을 하고 있어 잊고 있었다. 아조르의 영주인 파시오 역시 상급 마법사.

게다가 상급이라는 호칭을 달고 있어도 같은 상급이 아니다. 그는 7클래스의 가까운 마력을 보유하고 있는 상급 마법사였기 때문이다.

영주라는 위치만 아니었다면 대마법사의 반열에도 오를 수 있을 만한 능력자.

"아시겠습니까."

충만하게 깔리는 파시오의 마력에 자신들과의 격차를 실감한 마법사들은 입을 다물고 말았다.

"5클래스의 마법서 정도야 얼마든지 자유 마법사에게도 제공할 수 있습니다. 그렇게 마법서를 얻은 자들도 많구요."

그의 말은 여타 다른 마법사들의 생각과 다르지 않았다.

"문제는."

하지만 그 뒤에 이어지는 말.

"익스퍼트 경연이 끝난 뒤, 그가 승자의 보상과 함께 마스터 경연에 출전하고자 하는 뜻을 밝혔다는 겁니다."

"네?!"

"그게 사실입니까."

"나 참, 고작 경연에서 한 번 이긴 것으로…… 건방짐이 하늘을 찌르는군요."

"이거야말로 그냥 둘 문제가 아닙니다!"

예상했던 마법사들의 반발. 파시오는 천천히 고개를 끄덕이면서도 골치 아픈 우승자에 대한 처우를 논하지 않을 수 없었다.

"수십 년간 마스터 경연이 생기지 않은 이유는 상급 이상의 마법사들로 인해 일어나는 유혈사태를 피하기 위함이었습니다. 이는 마법회의 암묵적인 규약. 길드의 자유 마법사들이라 할지라도 마도를 걷는 자라면 모를 리 없는 일입니다."

그의 말에 마법사들은 다시 한번 분개를 했으나 파시오는 그들의 소란스러운 말이 들리기 전에 먼저 손을 들어 입을 막았다.

"뭇사람들은 그걸 비겁하다고 말하지만, 지금껏 마법을 안정화할 수 있었던 가장 큰 이유가 바로 두 마법회의 마찰을 최소화했기 때문입니다."

마법. 이것은 참으로 모순적인 존재다.

제국인이라면 태어날 때부터 최소한의 마력이나마 가지고 있으며 평범한 자라 할지라도 생활에 필요한 마법을 쓸 수 있을 정도로 범용성도 갖췄다.

하지만 반대로 그 어떤 무기보다 강력하며 대량으로 살상이 가능한 힘을 가지기도 했다.

누군가에겐 보잘것없을 정도로 약한 힘이, 누군가에겐 한순간에 지도를 바꿀 만한 힘으로 변한다.

"250년 전, 카이에 에시르 이후 마법의 위험성을 제시하고 규약을 지은 것이 아이러니하게도 마법사들입니다. 하지만 이는 대륙을 위한 일입니다."

파시오는 목소리에 힘을 주었다.

"수백 년을 지켜온 의지를 고작 출신조차 알지 못하는 작은 길드의 마법사 때문에 깨뜨릴 순 없는 법입니다."

그의 말에 모두가 동의했다. 조금 전까지만 하더라도 서로를 못 잡아먹어 안달이었던 두 마법회의 마법사들이 공동의 적이 나타나자마자 순식간에 동맹이 되었다. 이들의 양면성은 평범한 사람이 본다면 기가 막힐 정도였다.

"영주께선 어떻게 하실 생각이십니까."

"마스터 경연의 우승 상품이야 과거부터 정해져 있습니다."

"설마……. 아조르의 보물을 그냥 내어주시기라도 할 생각입니까?"

파시오의 말에 마법사들은 화들짝 놀랐다. 마법 도시가 세워지고 7명의 마도사를 기리는 첨탑 아래에 보관되어 있는 3권의 마법서.

초대 마법(初代魔法). 위대한 그 마법은 아조르의 상징이자 그들의 자존심과 같은 것이었다. 설령 지금까지 그 어떤 마법사도 익히지 못했음에도 말이다.

"그럴 리가요. 그런 자에게 그런 물건을 쉽게 넘겨줄 수 없습니다."

"그러면 어떻게?"

그 순간 마법사들의 질문에 파시오는 나지막하게 웃었다.

"크하하하!!! 자신만만할 만하군!! 게다가 운도 따라줬어. 갑자기 마법사들이 단체로 빠지다니. 자네 싸움을 보고 지레 겁먹은 게 분명하네."

그 전날. 이미 카릴이 손을 썼다는 것을 알 리가 없는 바르고는 그의 우승 트로피를 들고 여관이 떠나갈 듯 소리쳤다.

"정말 복이 들어왔어! 잊으면 안 되네. 자네가 울카스 길드와 계약을 했다는 것 말이야."

바르고는 그의 앞에 서약서를 꺼내 보이면서 말했다. 음흉한 웃음 속에 좋아죽을 것 같은 미련한 욕심이 보였다.

서약서의 재질은 평범한 종이가 아니었다. 표면은 거칠고 색이 제대로 빠지지 않은 것 같은 푸른빛을 띠었다.

싸구려 물건을 써서 그런 게 아닌가 하는 생각이 들 수도 있겠지만, 오히려 그 반대였다.

언령 서약서. 예로부터 말에는 힘이 담겨 있다고 믿어져 왔다.

그것이 마법을 영창하고 주술을 시전하는 데에 있어서 주문이 필요한 이유다.

"계약하는 방법은 알고 있나?"

바르고의 물음에 카릴은 고개를 끄덕였다.

"좋아. 그럼 쉽겠군."

방법은 간단하다. 계약자는 서약서를 손에 쥐고 자신의 조건과 담보를 말로 읽는다.

그러면 그 내용이 서약서 안에 고스란히 담기게 되는데 만약 그것을 어기면 계약자들이 정한 대가를 치르게 된다.

그것이 죽음이라 할지라도.

'비싼 것도 가져왔군. 교도 용병단도 저걸로 계약하지 않는데 말이야.'

카릴은 서약서를 바라봤다.

수백 년 전, 마도 시대의 물건이라고 알려져 있는 서약서는 지금의 마법사들에 의해 개량이 되었음에도 양산될 수 없을 정도로 희귀한 물건이었다.

그것에서 바르고의 의지가 느껴졌다. 아니, 탐욕이라고 해야 맞을 것이다. 워낙 고가의 물건이라 사용되는 일이 드물었지만, 이것을 써서라도 카릴을 얻겠다는 욕심이었다.

그것도 절대로 도망칠 수 없는 방법으로.

'크크…… 이제부터다. 아주 열심히 굴려주지.'

계약이란 서명을 하기 전까지 수십, 수백 가지의 변수를 예상하고 자신에게 가장 큰 이득이 될 조건을 짜내는 것.

상인 출신인 바르고 시라야말로 그런 잔꾀에 숙달된 남자였다. 기껏해야 열두 살인 꼬마를 세 치 혀로 속이는 것쯤은 일도 아니라고 생각했다.

"어디 조건을 들어보지."

카릴은 아무렇지 않게 바르고에게 말했다.

"이 계약이 완성되는 시점부터 향후 5년간 카릴은 울카스에 귀속되어 의뢰를 수행해야 하며 대신, 길드는 계약자인 카릴의 성장을 위해 원하는 마법서를 제공하도록 노력한다."

들리는 말로만 생각하면 좋은 말투성이였지만 이보다 더 애매모호한 것도 없었다.

노력. 뒤집어 생각하면 얼마든지 악용할 수 있는 말이었다. 하찮은 말장난에 카릴은 피식 웃고 말았다.

"그에 대한 조건으로 카릴은 분기마다 최소 3개의 의뢰를 착수하여야 하며 대신, 길드는 매년 5클래스 이상의 마법서를 제공한다."

"좋다."

카릴은 반발을 하지 않고 고개를 끄덕였다. 그의 모습에 바르고는 속으로 쾌재를 불렀다.

'역시, 꼬마는 꼬마야.'

그 뒤로도 그는 빽빽하게 준비해 놓은 조약들을 하나하나 읊었다.

가만히 듣고 있으면 머리가 아플 정도로 많은 조약이었지만 카릴은 한마디도 하지 않고 그의 조건을 모두 받아들였다.

서약서의 자리가 없을 정도로 조약들이 각인되고 나자 카릴은 조용히 한마디를 덧붙였다.

"한 가지 조항만 더 추가하고 싶은데."

"그게 뭐지? 얼마든지."

바르고는 수십 개의 조항을 걸어놓고는 마치 인심을 쓴다는 듯 말했다.

"나 카릴은 모든 조항을 울카스 길드가 존재하는 한에서만 따르도록 하겠다."

"하하하! 그거야말로 오히려 내가 부탁해야 할 조항인걸."

그는 카릴의 말에 호탕하게 웃었다.

"좋아, 좋아. 나 역시 그 말에 동의한다."

서약서의 마지막에 카릴의 말이 불에 타는 것처럼 새겨졌다.

'원하는 것만 얻으면……'

카릴은 그를 바라보며 차갑게 웃었다.

'어차피 곧 너와 네 길드는 없어질 거니까.'

길드가 없는데 이러한 조항들이 무슨 소용이겠는가. 그의 생각을 알 리 없는 바르고 시라는 신이 난 모습이었다.

카릴이 울카스 길드에 접근한 가장 큰 이유.

우든 클라우드(Wooden Cloud).

녀석들이 벌인 일은 단순히 크웰의 아들들을 살해한 것뿐만이 아니었다.

'오히려 그 일은 녀석들이 한 다른 것에 비하면 작은 일에 불과하지.'

형제의 목숨에 대해서 가볍게 생각하는 것은 아니다.

그 일로 제국의 기사 가문들이 흔들리기도 했지만 결국 올리번이 대륙을 통일했으니까.

'문제는 신탁이 있고 난 뒤.'

공국의 비밀조직인 우든 클라우드는 공국이 멸망하고 나서도 사라지지 않고 존재했다. 그리고 그 존재는 삐뚤어진 방식으로 대륙의 어두운 부분에 영향을 끼쳤다.

그들은 평범한 사람들을 어떻게 다뤄야 하는지 잘 알았다. 교단(敎團)이란 형태로 말이다.

신탁이 내려지고 난 뒤, 그들은 대륙을 불태우는 괴물들이야말로 진실된 사자라 칭했다. 미친 소리처럼 들리겠지만 놀랍게도 그들을 따르는 자들은 많았다.

광신도(狂信徒). 보통 사람들에겐 당연히 그렇게 보였지만 그들은 그것을 신의 축복으로 받아들였다.

'우든 클라우드는 그 이후 수많은 분란을 조장하고 더 나아가 북동 쪽에 위치한 도시 위그(Ygg)를 성도라 명명했지.'

괴물들과 싸우는 것도 버거운 판국에 교단과의 싸움에서 희생된 자만 수만 수십만 명.

'무슨 일이 있어도 이번엔 녀석들의 뿌리를 완벽하게 없애야 한다.'

그러기 위한 준비였다. 카릴은 바르고 시라를 향해 날카롭게 웃었다.

끼이익---

그때, 길드의 문이 열리며 휘황찬란한 로브를 입은 사람들이 들어왔다.

"음? 저 녀석들은······."

바르고 시라는 카릴과의 서약서를 들킬까 황급히 품 안에 넣으면서 인상을 찡그렸다.

'왔군.'

카릴은 그들이 누군지 설명을 듣지 않아도 단숨에 알아차렸다.

영주관의 수하들. 그들은 기다렸다는 듯 카릴을 향해 말했다.

"영주님께서 찾으십니다. 모시겠습니다."

카릴은 그의 말에 고개를 끄덕였다. 그곳에서 자신의 제안에 대한 답을 들을 수 있을 것이다.

'좋아. 파시오, 그 늙은 너구리가 과연 얼마나 머리를 굴렸을지 한번 볼까.'

"자네가 익스퍼트 경연의 우승자인 카릴이로군. 이렇게 만나게 되어 반갑네."

"아조르의 영주님을 뵙다니. 영광입니다."

카릴은 눈앞에 있는 둥글둥글한 남자를 바라보며 고개를 숙였다.

'전생에는 마력이 없어서 몰랐지만, 이제는 확실히 느껴지는군.'

파시오의 뒤에 호위로 보이는 마법사들이 서 있었다. 하지만 그에게서 그들과 비교도 할 수 없는 힘이 느껴졌다.

'일부러 그러는 것일지 모르겠지만 신기하군.'

영주관의 문을 열 때부터 찌릿찌릿 피부를 자극하는 마력이 느껴졌다.

파시오 한은 카릴이 마력을 얻고 난 뒤 만나본 마법사 중에 가장 상위의 마법사였다.

'그래 봐야 늙은 너구리지만.'

그의 말로가 어땠는지는 알고 있다. 그리고 현생에서도 그를 구제하고 싶은 마음은 그다지 없다.

'아무리 마법사가 아쉬운 상황이라지만 오히려 문제를 일으킬 자까지 놔두는 건 오히려 손해지.'

카릴은 그가 세력을 확장하기 위해 미래에 우든 클라우드가 만든 교단과 손을 잡고 무고한 사람들을 학살한 자라는 것을 잊지 않고 있었다.

"얘기는 전해 들었네. 마스터 경연에 참가하고 싶다고?"

"그렇습니다."

파시오는 재차 확인했다. 그가 진심으로 그 말을 한 것이 맞는지 알고 싶었기 때문이다.

'참가자가 없는 유명무실한 대회라는 걸 알면서도 저렇게 당당하게 말하다니……. 제정신으로 하는 소린지, 아니면 그냥 미친놈인지.'

인상을 찡그리며 그가 말했다.

"자네도 알다시피 경연이란 혼자서 할 수 있는 것이 아닐세. 자네가 원하는 것이 7인의 원로회가 남긴 유산이라면……. 적어도 그에 합당한 능력을 증명해야겠지."

"어떻게 말입니까?"

"경연은 불가능하지만 대신 마스터 경연의 난이도와 비슷한 조건의 시험을 제시하고자 하네."

그는 크게 인심을 쓰듯 말했다.

솔직히 말해서 마법 도시 아조르에서 마스터 경연에 참가할 수 있는 능력을 가진 마법사를 구하는 것은 그리 어려운 일이 아니다. 마법회의 상급 마법사들이 도시 내에 아직 존재하고 있으니까.

그런데도 굳이 이런 귀찮은 방식을 사용하다니.

분명 이유가 있을 것이다.

"비슷한 난이도라면……?"

"자네는 아조르가 만들어진 이력에 대해서 알고 있나. 이곳은 태초에 마법을 전파한 7인의 원로회를 기림과 동시에 그들의 유산이 있는 곳이지."

"알고 있습니다. 이곳에 초대 마법이라 불리는 3권의 마법서가 있죠."

"그렇다네. 하지만 그 3권의 마법서는 모두 7인의 원로회 분들의 무덤에서 발견되었지. 그런데 최근에 새로운 곳이 발견되었다네."

'설마……'

파시오의 말에 카릴의 눈썹이 씰룩거렸다.

"자네에게 그곳의 조사를 제안하고자 하네. 그곳에서 무언가 얻게 되면 일차적으로 자네에게 우선권을 주겠네. 어떤가."

카릴은 순간 기억을 더듬었다. 그의 머릿속을 스치고 지나가는 하나의 장소.

회색교장(灰色敎場). 7인의 원로회가 모여 회의를 나누고 마법을 논했다고 전해지는 곳.

그리고…….

'얼음 발톱(Freezing Talon)이 묻혀 있는 곳.'

꽈악-

카릴은 자신도 모르게 주먹을 쥔 손에 힘이 들어갔다.

'그곳이 지금 시기에 발견됐단 건가. 조금 더 뒤라고 생각했는데 말이야. 놀랍군. 그 이름을 파시오에게서 들을 줄이야.'

예상치 못한 일이었지만 그는 그제야 너구리 같은 파시오가 자신에게 왜 이런 제안을 하는지 알 수 있었다.

'이제야 이해가 가는군.'

아직 조사되지 않은 장소. 어떠한 위험이 있을지도 모르는 곳에 소중한 마법사를 파견하는 것은 쉽지 않은 일이다.

그뿐만 아니라 조사되지 않은 곳이라는 말은 곧 아직 사람들이 알지 못하는 장소라는 점.

'만약의 경우 나를 처리하기에도 안성맞춤이겠지. 콧대 높

은 마법사들이 경연에서 날 이긴다 하더라도 목숨까지 빼앗진 못할 터.'

쉽사리 그들에게 죽어줄 생각도 없지만.

"어떤가. 자네가 그곳을 조사하는 것으로 자신의 실력을 증명한다면…… 설령 아무것도 없다 하더라도 고위급 마법서를 제공하겠네."

카릴은 낮게 웃었다.

'오히려 나로서는 환영할 만한 일이군. 초대 마법을 포기한 것은 아니지만 아조르의 마법사들 중에 그 마법을 익힐 수 있는 자는 없다.'

즉, 조금 시간이 걸린다 하더라도 온전히 남아 자신을 기다릴 것이다.

하지만 7인의 원로회의 유적지에 잠입하는 것은 흔치 않은 기회였다. 카릴이 이 제안을 거절하더라도 결국 그들이 그곳을 그냥 둘 리 없다.

마법사들의 조사가 시작되면 주위에 마력을 감지하는 실드부터 각종 귀찮은 것들이 설치될 것이다.

'아마도 뒤를 잡는 눈이 몇 붙긴 하겠지만……'

당당하게 들어가는 것과 몰래 들어가는 것은 영역에 있어 확연한 차이가 있는 법.

"좋습니다."

카릴의 대답에 파시오는 만족스러운 듯 고개를 끄덕였다.

그런 그를 바라보며 카릴은 생각했다.

'아조르에서 얻을 수 있는 것은 모두 가져가 주마. 3대 마법뿐만 아니라 얼음 발톱까지.'

"네? 7인의 원로회가 남긴 유적지요?"

과일을 베어 물던 에이단 하밀은 카릴을 바라보며 놀란 표정으로 말했다. 나무에 기대어 앉아 있는 모습이 어쩐지 자연스러워 보였다.

"이제 내가 좀 익숙한가 봐?"

"아, 하하……. 아닙니다."

카릴은 황급히 자세를 고치는 그를 바라보며 피식 웃었다. 언덕 아래에선 마법을 연습하는 미하일의 모습이 보였다.

처음에는 반신반의하던 그도 비기너 경연에 당당히 이름을 올리고 나자 이제는 검을 쥐는 시간보다 스태프를 쥐는 시간이 더 많아졌다.

그의 만족스러운 변화에 카릴은 다시 에이단에게 시선을 돌리며 말했다.

"전에 얘기했던 건?"

"아직입니다. 찾아온 사람은 없습니다. 뭔지 여쭤봐도 괜찮을까요?"

"아냐. 아무것도."

카릴은 고개를 저었다.

'아직 찾지 못한 건가. 회색교장의 일이 끝나고도 연락이 없다면 직접 움직일 수밖에.'

그가 에이단에게 말해놨던 사람은 울카스 길드의 톰슨이었다. 카릴은 그에게 바르고의 단서를 찾을 것을 명했다. 울카스 길드 내에 최고위 마법사이기도 한 그는 길드원 중에 가장 자유롭게 움직일 수 있는 자였다.

'자신의 목숨이 걸린 일이니 하지 않을 리는 없고…… 일단 조금 더 기다려 봐야겠군.'

그는 빠르게 상황을 정리했다.

마법 경연이나 회색교장은 솔직히 처음 자신의 계획엔 없었던 일이다. 아조르에 온 이유는 바르고 시라에게서 마법서를 구하고 그에게 있을 우든 클라우드의 단서를 찾기 위함이었으니까.

'하지만 그걸 톰슨에게 맡김으로써 회색교장을 공략할 시간을 벌게 되었다.'

계획과는 다르지만 이대로 간다면 몇 달, 아니, 몇 해의 시간을 단축할 수 있을지 모른다.

"에이단, 네 생각에 미하일이 3클래스의 벽을 뚫으려면 얼마나 걸릴 거 같지?"

"글쎄요. 3클래스에 도달하려면 4개의 마력혈을 뚫어야 합니다. 아마 이 정도 속도라면…… 얼마 걸리지 않을 것 같은데요."

3클래스에 도달한 그였기 때문에 가능할 수 있는 일이었지만 에이단은 어째서 이런 걸 자신에게 묻느냐는 얼굴로 카릴을 바라봤다.

왜냐하면 그는 익스퍼트 경연에서 우승까지 한 사람이었으니까. 카릴의 검술을 아는 에이단의 눈엔 이미 그가 소드 마스터급으로 보였으니까.

하지만 실상 마법에 관해서는 아직 무지에 가까운 카릴이었다. 클래스만 따진다면 이들 중에 가장 밑이었으니 미하일의 성장을 가늠하는 것은 어려운 일이었다.

"좋아."

"난 지금부터 회색교장에 다녀올 거다. 이틀 안에 미하일을 3클래스로 만들어봐."

"네? 이틀이요?"

에이단은 불가능하다는 얼굴로 카릴을 바라봤다. 하지만 그는 이미 불만에 대한 당근을 준비하고 있었다.

"성공한다면 네가 원하는 걸 주지."

에이단은 카릴의 말에 자신도 모르게 어깨를 움찔거렸다.

그가 지금 가장 답답하게 생각하는 것.

'올리번과의 연락.'

카릴은 천천히 몸을 일으켰다.

'이곳의 일이 끝나면 녀석을 만나야 할 시점이기도 하니까.'

에이단 널 데리고 있었던 이유 중 하나가 그거거든.'

흔들리는 눈동자를 바라보며 카릴은 생각했다.

'아조르에서처럼 생각지 못한 변수와 사건으로 내 계획이 바뀌긴 했지만, 수십억 인류가 사는 대륙이니만큼 많은 변수가 존재하는 것도 당연한 일.'

하지만 역사를 바꿀 만큼의 큰 사건은 결국 언젠가는 일어날 것이다. 그리고 지금부터 가장 먼저 일어날 일.

'제1황자 루온과 올리번의 황권 쟁탈전.'

전생에는 그 일에 관여할 수 없었다. 하지만 지금은 다르다.

타투르와 마광산 그리고 교도 용병단까지……. 그가 움직일 수 있는 것들은 생각보다 큰 무게를 가지고 있으니까.

'해야 할 일이 많군.'

카릴은 이번 일이 끝나면 자신이 움직일 수 있는 명단 속에 아조르가 포함되어 있을 것이라 확신했다.

그리고 그의 손에 들려 있을 얼음 발톱이 자신과 올리번의 만남에서 큰 변수가 될 것 역시, 확신했다.

'오랜만이군. 이 냄새.'

카릴은 자신의 주위에 떠다니는 광구들을 이리저리 주변에 흩뿌렸다.

회색교장 안은 빛 한 점 보이지 않을 정도로 칠흑같이 어두웠다. 코를 찌르는 알싸한 이끼 냄새만이 진동할 뿐이었다.

"······."

마력혈이 두 개밖에 뚫려 있지 않은 카릴로서는 3개의 라이트 마법을 쓰는 것이 한계였다.

하지만 던전을 공략하고 돌아올 때까지도 그 광구들은 꺼지지 않을 것이기에 그에게 어둠은 그다지 문제가 되지 않았다.

'여길 공략했던 건 앞으로 수년 뒤였지. 신탁이 있고 난 뒤에서야 제대로 조사가 되었으니까.'

아니, 정확히 말하자면 조사는 끝났지만 아무것도 찾지 못했다는 것이 맞을 것이다. 초대 마법과 마찬가지로 이곳에 잠들어 있는 유물들 역시 7인의 원로회의 것들이었으니까.

'후세를 위해 일부러 남긴 마법조차 익히지 못하는 상황이니 숨겨놓은 유물을 쓰기는커녕 찾을 수도 없는 게 당연하겠지.'

그렇다면 어떻게 이곳을 공략할 수 있었을까.

정답은 간단했다. 신탁이 내려진 이후 자신의 레어를 벗어나 인류의 편을 들어준 유일한 드래곤.

나르 디 마우그가 있었기 때문이다.

'그가 이곳을 탐색하고 남아 있던 유물인 얼음 발톱을 찾았지.'

문제는 초대 마법처럼 그것을 쓸 수 있는 자가 없었다는 것이지만.

'전생에 초대 마법은 결국 아무도 쓸 수 없었지만 얼음 발톱

은 달랐다. 완벽하지는 않지만 딱 한 명 그걸 쓸 수 있던 녀석이 있긴 하지.'

7인의 원로회가 남긴 물건들은 모두 드래곤과 관련되어 있었다.

그 말은, 초대 마법과 얼음 발톱 모두 용마력이 없다면 쓸 수 없다는 말이기도 했다.

'뭐, 그 녀석에겐 더 어울리는 물건이 있으니까. 내가 먼저 쓴다고 해도 상관없겠지.'

카릴은 한 여인을 떠올렸다.

'만나기 싫어도 언젠가는 만나게 될 녀석이다. 물론, 그전에 다른 조치들을 취해놔야겠지만.'

그녀는 세리카 로렌과 더불어 자신의 등을 믿고 맡길 수 있었던 몇 안 되는 여자였다.

'생각해 보니 평생 함께했던 여자라곤 전부 전우뿐이로군.'

카릴은 쓴웃음을 지었다.

살아남기도 바빴던 세상이었다. 하지만 그 와중에도 자식을 낳고 가족을 일구는 자들은 분명 존재했을 것이다.

언제였던가……. 그 역시 자유로운 세상이 오면 사랑하는 사람과 함께하리라는 꿈을 꾸기도 했었다.

'쓸데없는 생각은 하지 말자.'

카릴은 고개를 저었다.

죽으면 모두 끝이다. 꿈이란 건 그 이후의 문제다.

전생과 다르지 않다. 살아남기 위해 미래를 바꾸려는 것이니까.

저벅- 저벅- 저벅-

그는 천천히 걸음을 옮겨 짙은 어둠 속으로 들어갔다.

그때, 저 멀리 어둠 속에서.

[크크크…….]

카릴이 들을 수 없을 먼 곳에서 마치 쇠를 긁는 듯한 낮은 목소리가 천천히 들려왔다.

[……왔다. 드디어 왔어.]

약간의 두통. 카릴은 회색교장 안으로 들어갈수록 산소가 적어지는 것을 느꼈다.

우드득

카릴은 뻐근한 목을 좌우로 돌렸다. 마치 깊은 해저 바닥을 걷는 것 같이 가라앉는 무거움이 있었다.

'조금 늘어지는데.'

힘든 것이 아닌 나른해지는 기분. 썩 유쾌하지 않은 느낌을 지우려는 듯 그는 재차 고개를 좌우로 저으며 계단 아래로 내려가기 시작했다.

왠지 익숙한 느낌. 카릴은 그제야 회색교장 안을 가득 채우고 있는 알 수 없는 기운이 무엇인지 깨달았다.

'그렇군. 꼭 탑 안에 있는 것 같아.'

신탁이 내려진 이후, 갑자기 나타난 하나의 탑.

대륙 어디에서도 볼 수 있을 만큼 거대한 그것은 그가 과거로 올 수 있었던 수단이었지만 반대로 인류를 절망에 빠뜨린 원인이기도 했다.

'설마 아니겠지.'

파렐(Pharel)이라고 불리던 그 탑은 셀 수도 없을 만큼 많은 괴물을 뱉어냈다. 인류는 갑자기 나타난 녀석들에게 대응할 준비도 하지 못한 채 당했었다.

'나르 디 마우그와 다른 종족들이 없었다면 정말로 인류는 멸망했을지도 몰라.'

물론, 그 치가 떨리는 탑을 자신이 거슬러 올라왔지만 말이다.

잊고 있었던, 아니, 잊으려고 일부러 노력하고 있었던 그때의 감각이 다시금 살아나자 카릴은 자신도 모르게 닭살이 돋은 팔을 쓰윽 하고 훑어 내렸다.

'하지만 달라.'

억겁(億劫)의 시간은 그 안에 있었다.

'완벽하지 않다고 해야 하나? 확실히 파렐의 느낌보다 옅어.'

아주 미묘한 차이였지만 짓누르는 무게가 조금 가벼웠다.

신탁이 내려진 뒤. 차원문이 열리고 인류는 대륙에 쏟아졌던 괴물들을 가리켜 부른 이름이 있었다.

어둠보다 더 짙은 어둠은 대륙을 잠식했고 인류를 먹어치웠었다. 이 검은 힘은 괴물의 원천이기도 했다. 어디에서 나왔고 어떻게 생성되었는지도 알지 못한다.

하지만 카릴은 똑똑히 기억하고 있었다. 파렐뿐만 아니라 녀석들의 목을 벨 때마다 섬뜩한 기분을 선명하게 느꼈었으니까.

'그것과 똑같은 느낌.'

카릴은 허공에 손을 휘저어보았다. 공기뿐인데 마치 물 안을 젓는 것처럼 옅은 이질감이 느껴졌다.

'신탁이 있기도 전인데…… 타락과 비슷한 것이 존재하다니…….'

7인의 원로회. 현존하는 마법사들은 그들이 썼던 마법을 쓰지 못한다. 그들이 남긴 초대 마법이 어쩌면 타락의 열쇠가 될 수도 있다는 생각이 들었다.

'확인해 볼 필요가 있겠군.'

카릴은 이곳을 공략해야 할 이유가 하나 더 생겼다고 생각했다.

'이게 정말 타락과 같은 것이라면…….'

전생에서 나르 디 마우그가 회색교장을 공략할 때 카릴 역시 그를 도왔었다.

하지만 그때는 깨끗했다. 이런 느낌을 받지 못했었다. 자신과 나르 디 마우그가 오기 전에 누군가 이곳을 공략했던 걸까.

알 수 없는 의문들.

쿵- 쿵- 쿵-

하지만 그것도 잠시 어둠 속에서 육중한 울림이 들렸다.

"……"

어쩐지 그 소리마저 기억 속에서 익숙한 느낌이었다. 그는 천천히 눈을 감고 허공을 쓰다듬듯 어둠을 훑어냈다.

'아닌지 맞는지는 확인해 봐야 할 일이겠어.'

콰득-!!!

그 순간, 카릴이 무언가를 낚아채듯 있는 힘껏 손아귀를 움켜쥐고는 위에서 아래로 내려쳤다.

[크아아아아아---!!!]

날카로운 비명, 타들어 가는 듯한 시커먼 연기와 함께 그의 손이 튕겨 나갔다.

"흥."

보통 사람들이었다면 놀라 뒤로 물러섰겠지만 카릴은 날카로운 그 폭음에 오히려 콧방귀를 뀌며 더욱 깊게, 어둠 안으로 손을 집어넣었다.

콰즉……!!!

화염이 두렵지 않은 것이 아니다. 하지만 그는 자신의 팔을 감싼 시커먼 연기가 그저 눈속임에 불과하다는 것을 알고 있었다.

'환각.'

그것이야말로 타락이 가장 잘 쓰는 속임수였기 때문이다.

화르르륵---!!!

불길은 이제 그의 팔을 넘어 어깨를 집어삼킨 다음에 전신을 휘감았다.

"크아아!!!"

카릴은 신음인지 포효인지 알 수 없는 비명을 지르며 있는 힘껏 손에 잡히는 뭔가를 잡아당겼다.

촤아악……!!!

마치 수면 위로 뭔가가 꺼내지는 것처럼 걸쭉한 어둠이 그의 손을 따라 당겨졌다가 터져 나갔다.

"큭?!"

아찔한 통증과 함께 카릴은 자신의 손에 잡힌 뭔가를 있는 힘껏 바닥에 내려쳤다.

무언가가 할퀸 듯 손등에 나 있는 붉은 상처. 상처는 독기를 쐬거나 곪아가는 것처럼 부글부글 끓었다.

"……."

카릴은 아무렇지 않은 표정으로 소매를 뜯어 상처를 감쌌다. 옅은 마력이 그의 몸을 감돌자 혈관을 타고 올라오려는 푸른 독을 밀어내기 시작했다.

츠즈즈즉…….

상처를 통해서 밀려 나오는 독이 붕대에 스며들자 그는 재빨리 그걸 풀어냈다.

'마력이 있어서 다행이군. 전생에는 사제나 마법사 그것도 아니면 최소한 해독 포션이 없다면 타락과 싸울 엄두도 내지

못했는데.'

독기는 빠져나갔지만, 여전히 상처는 지혈되지 않아 손등에서 피가 흘러나왔다. 평범한 공격이 아니다.

카릴은 굳은 표정으로 앞을 바라봤다.

"역시."

그는 고개를 끄덕였다.

"진짜 있을 줄이야."

[크르르르르…….]

대륙을 불태운 괴물. 신이 만든 불길한 존재.

아니, 녀석들은 만들어졌다기보다 우연한 실패 속에 탄생한 족속들이었다.

"타락(墮落)."

그는 눈앞의 괴물을 바라보며 나지막하게 말했다.

"어째서 네 녀석이 이곳에 있는지 정말 의문이야. 카이에 에시르도 그렇고……. 7인의 원로회. 나도 모르는 역사가 존재하는 모양이지."

이건, 신조차 가까이하기 싫어 내친 종족.

'신탁이 없었다면 몰랐겠지.'

태초에 차원이 창조되고 신이 세계를 만들 때, 확장되는 세계 속에 어쩔 수 없이 남겨진 균열.

균열 속에 차원의 찌꺼기들이 모였고 그곳에서 태어난 것이 바로 타락이었다.

'언젠가 지겹도록 싸울 놈들이지만……. 이런 식으로 볼 줄은 몰랐군.'

꽈악-

카릴은 아그넬을 잡은 손에 힘을 주었다.

[크아아아아--!!!]

그리고 그의 모습에 반응하듯 녀석이 날카로운 포효를 지르며 달려들었다. 녀석의 모습은 가히 괴물이라 칭해도 이상하지 않았다.

산성을 뿌린 것처럼 녹아 문드러진 피부는 움직일 때마다 바닥에 뚝뚝 뜯겨 나가 떨어졌고 두 눈은 충혈된 것처럼 새빨갰다.

네 발로 서 있는 녀석은 50㎝ 정도로 성견(成犬)의 크기였다.

'아직 다 자라지 않았다.'

절대 작은 크기가 아니었지만 카릴은 완전한 타락의 모습을 알고 있었다. 그가 마지막으로 쓰러뜨렸던 타락은 수십 미터가 족히 넘는 거대한 녀석이었으니까.

부글…… 부그르…….

괴물의 등에서 기포가 끓으며 터졌다. 어쩐지 녀석은 이 짧은 시간에도 조금씩 커지는 것 같은 기분이 들었다.

그때, 서늘한 기운이 온몸을 감쌌다.

콰아아아아앙--!!!

타락의 날카로운 이빨이 카릴의 허리를 노리고 쇄도했다. 지면을 박차고 뛰어오르는 순간 녀석의 살점들이 사방으로 튀었다. 커다란 혓바닥이 움직일 때마다 출렁거렸다.

"큭?!"

예상보다 빠른 움직임.

아직 몸이 완벽하게 만들어지지 않았기 때문일까. 카릴은 가까스로 녀석의 공격을 피하며 몸을 돌렸다. 아그넬의 날카로운 칼날이 녀석의 목을 스치고 지나갔다.

촤아악……!!

단검에 찢겨 나간 살점들이 바닥에 흩뿌려졌고 녀석은 속도를 주체하지 못해, 바닥을 몇 번 구르고 나서야 다시 카릴을 향해 뛰어들었다.

잘린 상처 위엔 이미 물컹하고 고약한 진액이 가득 채워져 있었다. 아래로 향한 갈비뼈가 숨을 쉴 때마다 양쪽으로 벌어졌고 썩어 문드러진 듯한 내장이 훤히 보였다.

쿵- 쿵- 쿵-

녀석의 붉은 심장이 뛰고 있는 모습이 여과 없이 보였다.

'저걸 파괴해야 해.'

타락을 잡는 방법은 간단했다. 어둠의 힘이 깃들었다고는 하지만 결국 녀석도 하나의 생명체.

심장을 파괴하면 죽는다. 하지만 방법은 알아도 결코 쉬운 일이 아니었다. 타락의 심장을 파괴하기 위해 녀석의 안으로 들어갔다가 자칫 잘못하면 온몸에서 뿜어내는 독기에 중독당

해 죽을 수도 있기 때문이다.

'무기가 아쉽군.'

그가 가진 것은 아그넬 한 자루뿐. 애초에 녀석을 상대하는 것은 수년 뒤의 일이라 생각했기에 준비하지 못했다.

기본적으로 독기를 막기 위한 성수를 뿌린 망토와 그 안에 보호 마법이 걸린 갑옷을 입는다.

신성과 마도. 두 가지의 힘으로 보호받아도 위험해 연금술의 힘을 빌린 해독 포션까지 준비한다.

하지만, 지금은 그 어떤 것도 없다.

꿀꺽-

카릴은 긴장한 얼굴로 타락을 바라봤다. 지금 그는 독의 바다에 그대로 뛰어드는 것과 다름없는 상황이었다.

'마력혈의 마력을 끌어올려 감싸는 수밖에.'

보호 마법을 걸 수 있을 만큼 높은 클래스를 가진 것이 아닌 카릴은 차라리 순수한 마력 자체를 온몸을 감싸고자 했다.

'할 수 있을까.'

우우웅…….

그가 힘을 집중하자 단전에서부터 뚫린 2개의 혈맥을 타고 마력이 흐르기 시작했다.

파즉- 파즈즉-

막힌 혈맥의 마력을 감지하고 탐욕의 팔찌가 빛을 뿜으며 마력을 먹어치웠다.

'젠장.'

저번에도 실패했던 일. 카릴은 눈살을 찌푸리며 다시금 흩어진 마력을 갈무리하기 시작했다.

콰앙- 콰가강--!!!

하지만, 그를 가만히 놔둘 만큼 눈앞의 괴물은 멍청하지 않았다. 달려드는 녀석의 공격을 피하면서 황급히 뒤로 물러섰다.

한층 어려워진 상황.

"큭!!"

카릴은 인상을 찡그리며 몸을 움직였다.

불필요하게 뭉친 마력이 자연스럽게 풀리면서 넘치지도 모자라지도 않게 그의 전신을 휘감았다.

'됐어!'

생각지 못한 타이밍에 카릴은 쾌재를 불렀다. 그 순간 그는 타락의 뛰고 있는 심장의 움직임을 놓치지 않았다.

단순히 심장을 찌르는 게 아니다. 조금 전까지 거칠게 움직이던 심장이 크게 부풀었다.

'아직은 아니다. 세 번째 팽창 단계를 노린다.'

안으로 들어가는 것도 어려운 일이지만 그저 안으로 들어간다고 끝이 아니었다.

심장을 찌르는 타이밍은 바로 세 번째 단계.

그건 수만 명의 군사를 잃고서야 알아낸 사냥법이었다. 지금처럼 타락의 날뛰는 심장이 한 번씩 단단하게 변할 때가 있었다. 사람들은 그걸 '단계'라 불렀다.

[크르르르르……!!]

그냥 뛰고 있는 심장에 검을 꽂으면 녀석의 몸 안에 있는 독기가 폭발하고 만다. 첫 타락이 등장했을 때 제국의 1군단이 그 사실을 알지 못해 단 한 마리의 폭사로 몰살당했었다.

'이제 두 번째.'

조금 전까지 공격을 하던 녀석의 모습이 사라졌다. 기척조차 느껴지지 않았지만 카릴은 기다렸다는 듯 자세를 취했다.

'안개 들이마시기.'

타락이 주로 쓰는 기술 중 하나.

부우웅-

카릴은 검을 있는 힘껏 허공에 그었다. 그의 마력이 담긴 오러 블레이드가 어둠 속에서 빛났다.

콰드드득……!!

'안개를 벨 수 있는 방법은 없지만.'

쇠를 긁는 듯한 날카로운 소리와 함께 아그넬의 날에 무언가 닿는 느낌이 들었다.

소드 마스터이자 자신의 아버지인 크웰이 사용했던 방법. 막대한 마력이 소모되지만 카릴에겐 문제가 되지 않았다.

아그넬이 굉음을 동반한 날카로운 풍압을 일으켜 안개를 통째로 날려 버렸다.

콰아아아아아아아아앙---!!!!!!

콰가가강--!!!

공간이 뒤틀리는 엄청난 폭음과 함께 새하얀 빛이 쏟아졌다.

세 번째 공격이 있기 전, 타락보다 카릴의 검이 먼저 녀석의 심장을 찔렀다.

철푸덕.

딱딱하게 변한 심장이 바닥에 떨어졌다.

뭉그러진 타락의 육체는 본능적으로 재생을 시도했지만 심장을 잃어서일까 제대로 합쳐지지 않았다.

콰득-

카릴은 한 치의 망설임 없이 바닥에 너부러진 녀석의 심장에 단검을 박아 넣었다.

[쿠에…… 쿠에엑……!!]

괴물은 몸을 부르르 떨더니 산산조각이 나며 잿가루처럼 흩어졌다.

"후우."

그제야 긴장이 풀린 듯, 카릴은 낮은 한숨을 내쉬며 바닥에 주저앉았다. 타락이 사라지자 그를 감쌌던 어둠이 언제 있었냐는 듯 깨끗하게 사라졌다.

'이제 초입인데 앞으로 뭐가 있을지 걱정이군…….'

어느 정도 회색교장에 대한 기억이 남아 있었기에 이틀 안에 공략을 끝내겠다고 자신 있게 말했던 자신에게 살짝 후회되는 기분이었다.

카릴은 피식 웃으며 복도의 벽에 기대었다.

자신이 조금 전에 싸웠던 전장에서 휴식을 취하다니. 웬만한 강심장이 아니고서야 말이 안 되는 일일 것이다.

하지만 체력 안배는 중요한 일이다. 특히 뭐가 나올지 모르는 상황에서, 더욱이 혼자라면 말이다.

우우우웅…….

그 순간.

"어?"

타락의 심장에 꽂았던 아그넬에서 빛이 났다.

to be continued